AF131272

Love, Rock & Soul

Brighton

1967-1968

© 2023 Philippe Durel
Édition : BoD – Books on Demand, info@bod.fr
Impression : BoD – Books on Demand, In de
Tarpen 42, Norderstedt (Allemagne)
Impression à la demande
ISBN : 978-2-3224-5944-5
Dépôt légal : novembre 2022

Love, Rock & Soul

Brighton

1967-1968

Roman

Au bon temps du Rock and Roll ...

1

« All you need is love » chantaient les Beatles à la radio. Tu n'as besoin que d'amour, oui, pourquoi pas, mais au dernier jour des vacances ce samedi 29 juillet 67, assis sur mon lit dans ma chambre de Gardner Street, billet du car-ferry pour le Havre en main, je n'avais aucune envie d'un retour en France. Je me sentais chez moi dans ce Brighton du sud de l'Angleterre. J'étais bien dans cette cité excentrique et décontractée. Le quartier branché de North Laine où je séjournais m'enchantait. Dès la porte de la maison de ville franchie, j'appréciais les boutiques colorées où l'on trouvait les dernières tendances de la mode, des vêtements d'occasion, des instruments de musique, de la bijouterie de pacotille. J'aimais l'atmosphère de ces petites rues où se côtoyaient des gens de tout style, vieux, jeunes, sans aucun a priori. J'aimais cette ville balnéaire animée tous les soirs d'été, son ambiance musicale qui courait le long des rues de la ville, sa diversité des endroits où sortir. Des caves du « Starlight » ou du « Pop-Inn », à l'immense club « Top Rank » aux soirées à thèmes, en passant par la mini discothèque « The Box », je sortais chaque soir dans un univers différent.

Bachelier depuis un mois, je devais convaincre les parents de me laisser revenir pour une bonne cause, perfectionner mon anglais me semblait être la solution. Trouver un emploi serait indispensable, serveur dans un pub ou travailler dans un commerce me satisferait. Prêt pour la restitution des clés, avec une bonne heure d'avance, je pouvais tester les commerçants du quartier. Comme toujours avant de sortir, contrôle du look face au grand miroir accroché sur la porte de la chambre. Miroir bien pratique, à la différence de celui placé au-dessus du lavabo où je devais plier mon mètre quatre-vingt-cinq pour me raser. Satisfait du pull noir colle V sur la peau, du pantalon gris clair et des boots noirs, coup de peigne sur mes cheveux mi-longs, je descendis plein d'espoirs. Dès ma troisième entrevue, je compris que la morosité ambiante de l'économie et la réglementation pour les permis de travail ne faciliteraient pas l'embauche d'un étranger.

Le moral au plus bas, de retour vers Gardner Street par North Road, j'aperçus au loin ma propriétaire. Assez grande, brune, cheveux souples avec une coupe courte qui encadrait bien son visage, elle était très élégante dans sa tenue et son maintien. Robe d'été rouge à pois blancs, avec une large ceinture du même tissu que la robe, escarpins également de couleur rouge, sac bandoulière en cuir fauve, le bas ample de sa robe ondulait légèrement au gré de sa démarche. Elle me subjuguait au fur et à mesure qu'elle s'approchait. A son arrivée, ses yeux gris-vert, son sourire éclatant, me laissèrent sans voix. Bloqué, c'est avec un temps de retard que je répondis à son bonjour. Elle me laissa passer le premier pour monter l'escalier. Sur le palier, toujours impressionné, c'est après deux tentatives que j'ouvris la porte. Je m'effaçai pour la laisser entrer. Son sac posé sur la table, après un regard sur l'ensemble de la cuisine, elle se dirigea vers la fenêtre à guillotine pour en vérifier la fermeture. Dure à coulisser elle la ferait réparer. Vérification également de la robinetterie de l'évier et de la gazinière. Après un coup d'œil par la porte de la chambre de l'autre côté du palier, satisfaite, elle se tourna vers moi pour me demander si j'avais passé un bon séjour. Son anglais, sans accent marqué, facilitait la conversation. Je repris un peu d'assurance, lui répondis que j'étais enchanté de ces trois semaines passées. Je lui fis part de ma volonté de passer une année à Brighton pour améliorer mon anglais tout en travaillant. Après la description de mes entrevues négatives du matin, les mains appuyées derrière elle sur le plan de travail de la cuisine, elle me demanda si un autre job que serveur me conviendrait.

J'acquiesçai aussitôt, l'espoir était de retour. Elle m'écrirait pour m'informer d'une éventuelle possibilité, ou non, me souhaita un bon retour en France. Je la remerciai, la saluai, pris mon sac et sourire aux lèvres, descendis l'escalier quatre à quatre.

Dans la rue, je me dirigeai vers la gare machinalement, j'étais sur un nuage, abasourdi par la bonne nouvelle d'un éventuel retour, mais aussi complètement conquis par la jolie madame Collins. Son parfum floral qui m'avait tant troublé était encore en moi. Elle connaissait son pouvoir de séduction, s'amusait sans doute de mon émoi, mais j'étais fasciné.

Dix minutes plus tard j'entrai dans la gare de Brighton. Du dix-neuvième siècle, avec un magnifique toit de verre et d'acier, elle était très fréquentée le week-end par les londoniens. A une bonne heure de train, ils profitaient de la plage et de l'ambiance festive de la ville.

Je pris mon billet pour Southampton port de départ du car-ferry reliant Le Havre. En attente sur le quai, je redescendis sur terre me demandant si mon souhait de retour se réaliserait. Convaincre les parents et avoir un emploi officiel me paraissaient de plus en plus difficile.

Le train était à l'heure, pas toujours le cas en Angleterre. Je montai, arpentai les couloirs pour trouver un compartiment avec peu de passagers, espérant être au calme pour digérer et mon vague à l'âme de partir et mes espoirs de retour. Au quatrième wagon, l'un des compartiments était occupé par deux personnes assises chacune en bout de la même banquette. Je fis coulisser la porte, saluai mes compagnons de voyage et m'installai en face, à contresens du train. J'aurais préféré être moi aussi à une extrémité pour profiter d'un angle du compartiment et de la vue sur le paysage ou le passage du couloir. Une banquette de quatre places pour moi seul, ce n'était déjà pas si mal, en espérant que le compartiment ne se remplisse pas.

J'étais bien embarrassé, pas de livre, ni de magazine ou un journal à lire, je regardais la place vide en face de moi, le haut du wagon, le plancher, restais dans mes pensées de futur. A la dérobée j'observais mon entourage. Sur ma droite une jeune femme, cheveux longs, châtain, habillée sobrement d'un pull noir sur une courte jupe bleue, regardait ostensiblement par la fenêtre. Côté gauche, un journal déplié, tenu par des mains minces et soignées, au poignet une montre de prix. Sous le journal, un pantalon bleu marine sur des jambes croisées, aux pieds des chaussures noires parfaitement cirées. J'imaginais un gentleman, un dandy, je m'étonnais de sa présence dans un wagon de seconde classe. Il replia son journal, The Guardian, quotidien de référence. M'apparut alors un homme aux cheveux blancs coupés très courts, avec moustache et petit bouc, visage émacié, quelques rougeurs qui dénotaient peut-être un penchant pour le whisky. Après un regard, il me demanda si j'étais français. Mon affirmation le conforta et là, avec un grand sourire, il m'interpella sur De Gaulle et son allocution au balcon de la mairie de Montréal du début de la semaine. Il faut dire que notre Général, les bras levés, avait lancé de sa voix de stentor « Vive le Québec libre ! », sous les acclamations d'une foule de quinze-mille personnes. L'image avait fait le tour du Monde. Cela avait déplu ou amusé selon les contrées. Je lui répondis que j'avais vu les gros titres et les photos sur les journaux affichés en kiosque, les Anglais avaient moqué De Gaulle, j'en avais souri. La conversation continua sur De Gaulle et son véto à l'entrée de la Grande-Bretagne dans la Communauté européenne en 1963. Mon interlocuteur s'inquiétait de la réponse du président français sur la nouvelle demande des anglais du début de l'année, toujours en étude en cette fin juillet. Par bonheur, l'arrivée à Chichester me libéra de l'envahissant gentleman. Dès sa sortie du compartiment, nous échangions la passagère et moi un sourire entendu. Je me glissais du milieu de ma banquette au côté couloir, chacun pouvait enfin s'adonner à ses propres réflexions.

Je me remémorais la fête d'hier soir, Lyydia, finlandaise tout juste rencontrée, qui balança une chaise par la fenêtre du cinquième étage d'un appartement où avait lieu une soirée. Je l'avais laissée seule trop longtemps, lors d'un aller-retour pour prévenir deux français de l'endroit de la fête. J'avais récupéré Lyydia en pleurs sur le palier, virée manu militari. C'était aussi son dernier jour de vacances, elle avait un peu picolé, on s'était consolé sur la plage. J'aurais bien aimé la rencontrer avant. Avant c'était Eva, une suédoise, on était sorti ensemble une douzaine de jours. Elle aussi était repartie. Mes deux scandinaves étaient brunes aux cheveux longs, un comble avec le nombre de leurs consœurs blondes en vacances à Brighton. La station balnéaire était à la mode. Des jeunes venaient particulièrement de Londres mais aussi d'Allemagne, de Scandinavie, d'Italie. Les Italiens étaient de redoutables concurrents de drague pour nous les Français, côté anglais on était tranquille, ils aimaient passer la soirée au bar. Cette ambiance aux multiples rencontres me convenait parfaitement, j'appréciais ces amourettes de quelques jours, parfois d'un soir.

Aux abords de Portsmouth, ma compagne de voyage se prépara à descendre, franchit la porte du compartiment en m'accordant un sourire et un « by » qui m'enchanta.

A Southampton, comme à chaque voyage, vingt minutes de marche pour rejoindre le quai du car-ferry. Les voitures commençaient à embarquer sur le bateau orange de la compagnie norvégienne Thoresen Ferries. Tous ses bateaux, dénommés Viking et différenciés par un chiffre, étaient identiques. Avec mon nombre de voyages à bord j'y étais chez moi. Beaucoup de monde en cette période, il ne fallait pas tarder à la cafétéria et récupérer un fauteuil rapidement, sous peine de dormir sur le pont. Là c'était peut-être dans une chaise longue avec une couverture, ou sans la couverture ou sans la chaise longue et à même le sol, la tête sur le sac de voyage. Prévoyant, je passais la nuit dans un fauteuil à l'intérieur sur un côté du bateau, bien calé avec l'angle de la paroi.

Le lendemain matin, je rentrais par le bus à la maison des parents, rue Sully, dans la partie ancienne du Havre, quartier épargné par les bombardements de l'aviation anglaise, les cinq et six septembre 1944. Petit déjeuner avec maman très contente de me revoir en bonne santé. Papa était à sa boucherie chevaline dans le quartier de l'Eure près des docks. Dernier de la fratrie, je côtoyais peu mes frères Pierre et René, et ma sœur Geneviève, tous trois étaient mariés et avaient des enfants

Après un descriptif succinct à maman de mes activités anglaises, je retrouvais ma chambre et ma collection de disques vinyles. Petit électrophone mais bonne puissance, je balançais à la suite « Baby please don't go » et « Gloria » du groupe Them, irlandais de Belfast. Et là, la formidable voix de Van Morrison inondait la pièce, déclenchait des frissons. Echauffement sur le premier titre et puis tu danses et tu joues de l'air-guitare en reprenant « Gloria » à l'unisson. Quelques bons accords, le tempo qui va bien, un formidable chanteur, succès assuré de l'époque. L'éphémère groupe Them est peu connu en France mais toute une génération pop-rock identifie les premières notes de « Gloria ».

A la suite, allongé sur mon lit, quelques titres des Stones et des Kinks en sourdine, j'étudiais la façon de présenter mon projet aux parents.

Titulaire d'un bac « Technique et Economie », durement acquis avec tout juste dix et deux dixième de moyenne, je n'avais aucun véritable projet d'avenir. En 1967, nous avions le choix entre cinq sections pour le baccalauréat : mathématiques élémentaires ; sciences expérimentales ; philosophie ; mathématiques et techniques ; technique et économie. Bien que redoutant l'aspect technique, à juste titre, j'optais pour la cinquième série qui me paraissait plus adaptée à mon niveau. Malgré ma petite moyenne, mes parents étaient fiers de moi. Seulement vingt pour cent de ma génération étaient bacheliers, le taux de réussite au baccalauréat était d'à peine soixante pour cent pour cent-trente-trois-mille candidats. Nous étions beaucoup plus nombreux que les premier trente-et-un candidats de 1809, et beaucoup moins que les sept-cent-soixante-cinq-mille de 2017.

Mon bac me permettait d'aller à l'université ou de trouver un travail. Ce seul diplôme facilitait l'entrée dans nombre d'entreprises qui vous formait suivant leur spécialité. La maitrise de l'anglais étant rare en France, en avoir un excellent niveau m'ouvrirait des horizons plus numérateurs. Fort de mon succès au bac, ma proposition, de passer un an à Brighton avec un emploi sur place pourrait satisfaire les parents. J'étais confiant pour un appui de papa. En complément de son métier de boucher, il importait d'Irlande des chevaux de boucherie, ce qui le rendait dépendant d'un interprète lors de ses contacts avec les vendeurs irlandais. Côté maman, m'imaginer, pourquoi pas, prof d'anglais ne lui déplairait pas, elle aurait aimé être institutrice. Le soir même, mon projet était accepté sans difficulté. Restait à espérer un courrier positif.

En attendant, l'indispensable était de trouver un travail temporaire pour assurer les frais de sortie et une cagnotte de départ pour l'Angleterre. Dans les petites annonces du journal local, je trouvai rapidement une proposition pour repeindre un garage de vente de voitures d'occasion.

Il se situait près du Rond-point dans une rue derrière le Cours de la République, à un quart d'heure de la maison. Le garage était divisé en deux parties. Au rez-de-chaussée, une petite surface pour la remise en état des véhicules, avec sur le côté une rampe d'accès au grand hall d'exposition du premier étage. Là se situait le bureau de vente. Bien accueilli à l'ouverture par le propriétaire, embauché dans la foulée pour un travail non déclaré, il me présenta mon collègue, peintre d'occasion lui aussi. C'était un navigateur en vacances qui se faisait un peu d'argent lors de ses périodes de repos. Dès l'après-midi j'étais juché avec lui sur un petit échafaudage, le rouleau à la main, pour repeindre les murs en blanc.

Le week-end, je sortais avec mon copain Alain, coiffeur pour dames dans un salon près de la plage, « Serge Coiffure ». J'avais connu Alain par l'intermédiaire d'un autre coiffeur, Richard, qui me coupait les cheveux quand nous habitions au quartier des Neiges. Bien que deux ans plus âgés que moi nous avions sympathisés. Il m'avait proposé de les accompagner en vacances en Angleterre, lui et son collègue Alain. C'est ainsi que nous nous étions retrouvés à Brighton pour trois formidables semaines de vacances en juillet 66.

Samedi soir reprise des bonnes habitudes. Alain me récupérait à la maison à neuf heures, avec sa Ford Cortina de 62, pour aller prendre un verre au « Week-End » à Saint Adresse. Situé près de la plage, café-tabac avec de la restauration, il était fréquenté par une jeunesse un peu branchée. C'était un lieu de rendez-vous du samedi soir, avant de rejoindre Etretat ou Yport, petites stations balnéaires de la côte normande.

Passé dix heures on partait pour Etretat, direction « La Frégate », une des premières discothèques créées en France. A l'entrée, coucou à Carol, préposée aux platines, Alain la connaissait. L'endroit était petit, une piste de danse restreinte, mais une super ambiance. Musique anglo-américaine, parfois un titre français comme « Love me please love me » de Polnareff. Enchaîné avec « These arms of mine » d'Otis Redding, le moment des slows de drague était arrivé. Parfois on faisait un saut au Casino voir s'il y avait des filles que l'on pourrait charmer. L'ambiance était différente, l'orchestre très bon. Au retour d'Etretat, accompagnés ou non, on prenait un verre à « L'étable » au centre-ville du Havre. Un peu avant l'aube on pouvait trouver de la place au Morny's, la mini discothèque du premier étage. Encore seuls le dimanche après-midi, sortie à la discothèque « Les Champs Elysées » quartier Sainte Cécile, ou parfois à la gare-maritime lors de bals très prisés par la jeunesse havraise. Pendant mes vacances de lycéen, le lundi, jour de repos des coiffeurs, on pouvait jouer au Yam à la terrasse du Marignan, à l'angle de la rue Lesueur et du Boulevard de Strasbourg, quartier animé proche de la gare. Parfois Richard était de la partie. Cet été-là, il le passait en Allemagne, seize mois de service militaire obligatoire. Il avait bien essayé de se faire réformer, mais les toubibs de l'armée n'étaient pas naïfs.

*

Un matin, maman me donna une lettre timbrée à l'effigie de la reine d'Angleterre Elisabeth II. Assis sur mon lit, le dos appuyé contre le mur, j'ouvrais délicatement l'enveloppe, la peur au ventre d'avoir une réponse négative. Je dépliais la lettre. Ouf ! Il y avait une possibilité, mais sous condition. L'emploi proposé : plongeur dans un petit restaurant de Brighton. Le hic était qu'en raison des grandes difficultés économiques de la Grande-Bretagne, il serait très difficile d'obtenir un permis de travail. La seule option était un engagement dans un cadre universitaire. Je devais faire en sorte d'avoir un cursus nécessitant l'apprentissage de l'anglais, en collaboration avec un organisme d'enseignement.

La solution était de préparer une licence d'anglais avec le Centre National d'Enseignement par Correspondance, structure officielle. Les parents acceptèrent sachant qu'un diplôme en était l'aboutissement. Après avoir dans un premier temps informé madame Collins de mon projet, je pus deux semaines plus tard, lui envoyer mes documents officiels d'inscription au CNEC pour une licence d'anglais. Nouveau courrier d'Angleterre et une réponse positive avec restriction. Considéré comme étudiant, je ne travaillerai pas à plein temps et toucherai un salaire en conséquence. Mon contrat courrait d'octobre à juin. Je pourrai louer mon deux-pièces à North Laine au prix mensuel d'une location classique. Trop content, j'acceptais sans hésiter. Les soucis financiers à venir se régleraient en partie avec les parents et sur place selon les opportunités. Après trois semaines comme peintre en bâtiment j'avais touché une somme que je considérais rondelette et pour compléter je revendis ma guitare basse avec son ampli. Je m'en étais peu servie, le résultat d'une formation avortée d'un groupe de rock. Ma basse avait la particularité d'être de la même forme et de couleur identique à la légendaire quatre cordes de Paul McCartney. La différence était que la mienne n'était pas une Höfner 500/1 Violin. Je gardais mon autre guitare pour l'emmener avec moi, une acoustique Folk

Framus sur laquelle j'avais appris et progressé pour être capable de jouer quelques titres.

Au mois de septembre je réussis à me faire embaucher pour deux semaines dans une entreprise d'embouteillage de vin de Porto, je conditionnais les bouteilles dans les cartons. Le pécule augmenta.

Le 29 septembre, grand jour du départ, après avoir préparé sac et guitare le matin j'étais resté l'après-midi dans ma chambre à lire, à écouter le dernier single des Rolling Stones. Single qui m'avait un peu déçu en s'éloignant du blues et du rock avec les titres « I love you » et « Dandelion ». Les Stones avaient sacrifié à la tendance « Peace and Love » du moment pour entrer dans le top ten. Heureusement je balançais Stevie Wonder, « I was made to love her » et chantais « The letter » avec « The Box Tops », titre de l'année vendu à plus de quatre millions d'exemplaires. Le chanteur du groupe Alex Shilton n'était âgé que de seize ans, mais sa voix rauque donnait le cachet soul. Les paroles de la chanson étaient en rapport avec la guerre du Vietnam, on pouvait imaginer un G.I. souhaitant rentrer après avoir reçu une lettre de sa petite amie. Le succès fût immédiat chez les combattants. Je bissais le titre, la sono couvrait ma voix et c'était préférable pour tous.

Au moment du départ, maman me donna l'argent de la nourriture pour un bon mois et le loyer pour deux mois. Papa me compléta largement le pactole quand il me déposa à l'embarquement au quai de Southampton. Avec ma cagnotte personnelle l'ensemble représentait une belle somme. Je n'avais jamais eu autant d'argent sur moi. Au bureau de change sur le car-ferry le taux de la Livre Sterling diminua le montant, mais loyer payé, je pourrais vivre deux mois sans problème et ensuite compléter l'aide des parents avec mon nouveau job. Je cachais l'argent des premiers loyers dans le sac au milieu des vêtements. Une seconde liasse disparaissait dans une poche intérieure du magnifique blouson en cuir acheté chez Sigrand Covett, le spécialiste de l'homme élégant, avenue René Coty au Havre. Également dans la boutique de qualité, l'achat d'un non moins bel imperméable de couleur mastic. Ce jour béni j'avais aussi eu droit à une nouvelle paire de boots noirs de chez André « le chausseur sachant chausser » Place de l'Hôtel de ville. Le magasin haut de gamme Caron à l'entrée de la rue de Paris avait ma préférence mais n'entrait pas dans le budget familial. J'avais profité des largesses de maman qui souhaitait que je sois correctement habillé même si elle avait dû s'adapter à mes goûts. Pour la troisième liasse de billets, j'en laissai une partie dans mon portefeuille et une autre pliée dans ma poche de chemise sous mon pull. Optimisme au plus haut après ma transaction en monnaie anglaise, j'achetais des cigarettes au magasin hors taxes. Je fumais très peu, et pouvais me permettre de m'offrir ma marque préférée, la Senior Service, une des plus chères du Royaume Uni, un tabac blond de Californie. Je l'appréciais également pour son emballage. Le paquet blanc rectangulaire avait pour emblème un splendide voilier blanc, entouré de deux branches d'olivier, surmonté d'une couronne. La partie haute du paquet était traversée par une bande horizontale dorée, bordée de deux bandes bleu marine. Une ligne également dorée, au milieu de l'enveloppe de cellophane, permettait d'ouvrir la protection. Je trouvais ce paquet chic en comparaison aux marques françaises. Il devait l'être car James Bond fumait des Senior Service entre autres dans le film Goldfinger. En tirant délicatement la languette pour ouvrir le paquet, loin de ressembler à l'agent secret britannique, je pouvais m'imaginer, portant mon imperméable avec le col relevé et une cigarette aux lèvres, en truand comme Belmondo dans « Le Doulos » ou en détective privé comme Humphrey Bogart dans « Le grand Sommeil ». Le chapeau mou passé de mode n'était pas obligatoire. C'était sans doute influencé par les espions et les polars que j'avais séparé les livres sterling. Je fumais ma Senior Service, puis bien calé dans mon fauteuil, avec mon sac entre moi et l'encoignure de la cloison du bateau je pouvais m'endormir et rêver aux « James Bond Girls ».

Au petit matin, à l'approche de l'île de Wight, je profitais du peu de monde dans les toilettes pour me rafraichir, et me raser. Petit tour sans histoire au bureau de la police des frontières. Je venais pour deux mois à Brighton perfectionner mon anglais. Je donnai l'adresse de mon logement, montrai que je préparais un diplôme avec des cours par correspondance et lorsque que l'on me demanda si j'avais des connaissances sur place, j'affirmai que j'étais plus ou moins fiancé avec une anglaise prénommée Fiona habitant Hove, ville jouxtant Brighton. Quand, à la demande habituelle du policier sur mes moyens financiers, j'annonçais la somme d'argent que j'avais pour deux mois, mon autorisation d'entrer sur le territoire anglais fut signé sans problème. Je n'eus pas à justifier le montant en montrant mes billets. Cela m'était arrivé une fois. J'avais retenu de bons enseignements de mes passages dans ce bureau lors de mes précédents voyages. Bonne présentation, très poli, réponses rapides, précisions si nécessaires, j'avais bien préparé l'entrevue.

Lors d'un voyage avec mon ami Alain, en février, j'avais quelque-peu fanfaronné en présentant pour le logement trois adresses de copines au choix. Nous avions dû attendre l'entrée du ferry dans le port de Southampton, pour obtenir l'autorisation de descendre du bateau, après avoir précisé la bonne adresse vérifiable, sinon c'était le retour direct au Havre.

Petit déjeuner britannique à la cafétéria, en compagnie d'une forte majorité de routiers. Débarquement à Southampton à huit heures, de nouveau un peu de marche à pied jusqu'à la gare et enfin un train peu rempli pour Brighton. Connaître le parcours par cœur me semblait diminuer la durée du trajet.

2

A la sortie de la gare, je posai mon sac sur le parvis, m'allumai une cigarette, un regard sur Queen's Road qui descendait vers la plage, j'étais chez moi.

Je marchai jusqu'au Wimpy situé sur le trottoir de droite où nous allions parfois manger, Richard, Alain et moi, lors de notre séjour l'année d'avant. C'était plus fréquent la première semaine. Par la suite, le financier nous obligea à nous restreindre sérieusement sur la nourriture pour profiter de nos soirées.

Je m'installai sur une banquette à une table pour deux, à l'entrée face à la cuisine ouverte. Quelques tables plus loin on accédait à une grande salle. Ma place me permettait de profiter de l'animation de ce restaurant ancêtre du fast-food où le service se faisait à table. Je commandai deux œufs au plat avec des frites et un coca. La clientèle était uniquement jeune, souvent par petits groupes, mixte ou pas. Vacances terminées, exit les scandinaves et les continentaux européens. J'étais le seul hors Royaume-Uni. Une large majorité de filles avaient opté pour les mini-jupes ou les minirobes, le plus souvent avec des bottes, parfois blanches plastifiées. Tenue peut être influencée par la chanson « These boots are made for walkin' », immense succès de Nancy Sinatra en

1966. C'était en tout cas mon impression à la vue du défilé de ces paires de jambes bottées. En raison de la météo froide et humide, temps nuageux sans soleil, les filles portaient des manteaux aux gros boutons, ou des cirés plastifiés de couleur vive, les gars des impers ou parfois des parkas. Je prolongeais l'attente de mon rendez-vous de quinze heures avec la séduisante madame Collins en buvant un insipide café anglais qui ne risquait pas d'augmenter mon rythme cardiaque. Enfin le moment tant attendu arriva, je quittais le Wimpy, passais par Church Street, pour rejoindre mon deux pièces Gardner Street. Pile à l'heure, la porte d'entrée sur la rue était ouverte, je montai l'escalier et toquai à la porte entrebâillée de la cuisine. La charmante voix du « entrez » de ma propriétaire me perturba quelque peu. Quand elle se retourna de la fenêtre pour m'accueillir, elle me fit une nouvelle fois sensation par son élégance. Elle portait un costume joliment coupé, de couleur beige, sur des bottines noires qui la grandissait. Nous étions pratiquement à la même hauteur. J'étais en lévitation. Je m'imaginai que son mari devait être grand, beau, élégant, la classe lui aussi. Ce pouvait ne pas être le cas, certains ont des atouts cachés qui font la différence. Personnellement, pas de joker dans mes manches, un physique sans plus. J'avais pour habitude de suivre les conseils d'un copain, lors de mon unique colonie de vacances, à l'âge de quatorze ans : « Regarde-toi dans un miroir et drague en fonction de ton niveau ». C'était facile pour lui, beau gosse, il flirtait avec la plus jolie fille de la colonie. Malgré tout, son conseil m'était resté et je l'appliquais le plus souvent. Le « bonjour Philippe, vous avez fait bon voyage » me reposa au sol.

- Oui très bien merci
- Excusez-moi Philippe mais je suis un peu pressée…J'ai un autre rendez-vous…Donc, je vous ai apporté le contrat de location, lisez-le tranquillement. Plus tard, vous m'enverrez l'original signé.
- Entendu madame Collins.
- Voici également la carte de visite du restaurant pour le poste de plongeur. Ce sont des gens charmants, et leur cuisine est excellente. Vous devriez vous y plaire.
- Merci, c'est très aimable à vous de m'avoir trouvé ce job.
- Vous savez, j'ai fait aussi des petits boulots pendant mes études, je connais la situation. Bien…Au revoir Philippe, bon séjour, travaillez bien.
- Au revoir Madame Collins.

Et là, ma troublante propriétaire franchit la porte. J'attendis qu'elle soit en bas de l'escalier pour fermer et récupérer le contrat sur la table. Je m'installais dans l'unique et vieux fauteuil en tissus vert près de la fenêtre. L'entrevue très courte m'avait déçu. J'avais quelques difficultés à comprendre la raison de son aide. C'était la cinquième fois que l'on se rencontrait. Les deux premières fois avec mes copains, en juillet 66, pour la location d'une chambre dans une maison située près de la gare. Grande maison qu'elle louait l'été pour des jeunes en séjour linguistique. Ce n'était pas notre cas mais celui des autres locataires, cinq françaises et un allemand. Deux fois cet été pour mon mini deux pièces qu'elle me louait à nouveau. Je partis du principe qu'elle avait une location assurée jusqu'à l'été prochain, mais l'Université du Sussex étant située à Brighton, elle aurait pu tout aussi bien avoir un étudiant anglais. Son élégance, sa façon d'être m'avait subjugué. Elle portait des vêtements coûteux, donnait l'impression d'être à l'aise financièrement, pourtant elle gérait elle-même ses locations. La lecture du contrat me confirma que le montant du loyer était trois fois moindre que celui de l'été jusqu'à la date de mon départ fin juin. Attachée sur le contrat avec un trombone, la carte de visite du restaurant avec la date et l'heure à laquelle je devais m'y présenter : mercredi 4 octobre à quinze heures.

Cet été, j'avais vécu trois semaines dans le deux-pièces, mon installation fût rapide. Je rangeai quelques vêtements d'hiver dans l'armoire, peu de différences entre les deux saisons, j'étais en Angleterre. Approvisionnement au petit supermarché de la rue où j'avais mes habitudes. Le choix était limité, j'étais toujours en Angleterre. A se demander la cause de mon retour. On était samedi soir, je savais pourquoi j'étais là, j'allais retrouver l'ambiance musicale et de fête que j'appréciais tant, totalement différente du Havre très limité dans ce domaine.

J'aurais aimé être avec mes compères de l'an passé. Malheureusement, Richard sous les drapeaux depuis mars, Alain le serait dès le mois prochain. J'étais plus jeune de pratiquement deux ans, j'avais la possibilité de repousser l'incorporation en raison de mes études, je ne m'en souciais guère pour l'instant. Sortir sans copains était beaucoup moins fun, mais habitué à être souvent seul dans mon enfance, je m'adaptais assez facilement.

Pour mon retour j'avais prévu une sortie au Top Rank où j'étais sûr de passer une bonne soirée, même seul, voire même en restant seul. Repas frugale, mise au propre du jeune homme puis faire briller les boots. J'avais emmené ma boîte de cirage de la marque Kiwi, avec sur le couvercle l'image de l'oiseau du même nom qui ne vole pas, l'emblème de la Nouvelle-Zélande. L'entrée au Top Rank nécessitait le port d'une veste et d'une cravate pour les p'tits gars et les pantalons étaient interdits pour les filles. Je savais tout cela de mes précédents séjours et n'avais pas oublié d'emporter trois cravates. Je choisis la bleu-marine aux fines diagonales blanches. Avec ma chemise blanche, mon pantalon taille basse en velours aux fines côtes de couleur noir, ma veste en tweed gris à chevrons je me trouvais plutôt pas mal. La tenue me cataloguait frenchie à six pas et c'était toute la différence avec l'habillement parfois hétéroclite de mes homologues anglais.

J'enfilai l'imper et partis par Church Street et New Road pour rejoindre en moins de dix minutes The Lanes, vieux quartier historique, dédale de ruelles aux multiples magasins et restaurants. Je souhaitais également passer devant mon futur lieu de travail. Je m'y arrêtais pour regarder les menus.

Viandes plus particulièrement, poissons aussi, prix raisonnables mais hors de portée pour mon portefeuille. Les tables près des fenêtres à croisillon étaient toutes prises par des clients que certains qualifieraient de bourgeois. Trois cent mètres de marche plus loin j'étais au Top Rank, dernier d'une file d'attente qui s'allongeait à grande vitesse derrière moi. Je retrouvais mon videur préféré, grand blond bien costaud portant costume noir et nœud papillon, qui remontait la file pour vérifier que l'habillement des prétendants à l'entrée était conforme. L'été passé il m'avait prêté une cravate contre une caution qui m'aurait permis d'en acheter dix. Dès l'entrée dans la salle ça swinguait sur « Creeque Alley » des Mamas and the Papas, interprété par le super orchestre. Le duo chanteur, chanteuse, était parfait pour ce titre ou les deux filles Mamas et les deux gars Papas se renvoyaient la balle. Je montai au premier étage, commandai une vodka-citron et me positionnai au bord du muret garde-corps au-dessus de la piste de danse. Tous ces jeunes qui balançaient au rythme de la musique, se rencontraient, flirtaient, pas trop, les videurs y veillaient, passaient une soirée de fête sans peur du lendemain. L'insouciance des années soixante était là et c'était bien. Avec la fatigue du voyage, ayant peu dormi sur le ferry, je profitais de l'ambiance. Pas de drague pour moi : juste laisser mes yeux prolonger le plaisir de voir des filles avec lesquelles j'aurais bien aimé danser. Un peu avant minuit je rentrais à Gardner Street, beaucoup de monde dans les rues et sur les trottoirs. Je croisais un groupe de filles en goguette, peut-être une dernière sortie du samedi soir avec les copines avant le mariage de l'une d'entre-elles.

∗

Le lendemain, dimanche, balade en bord de mer. Temps nuageux avec quelques apparitions solaire, pas de chaises longues à disposition sur les galets colorés. Par beau temps on se sert, on s'installe et un préposé parcourant la plage avec sa sacoche vient se faire payer la location. L'air de la mer donne faim, j'entrais sur la jetée « Palace Pier » côté est de la plage. L'autre jetée côté ouest d'où le nom « West Pier » - proche de Hove et éloignée du centre-ville de Brighton, était moins visitée. Les deux jetées en bois reposant sur une structure métallique avaient été construites au dix-neuvième siècle. A l'origine, la première, « Palace Pier », servait de débarcadère pour les liaisons Dieppe-Brighton. Transformée en lieu de loisirs avec manèges, casino, pubs, restauration, c'était un agréable endroit où flâner. J'entrais dans le pub-restau après cinq-cents mètres de marche jusqu'au bout de la jetée, commandais au bar un sandwich au bacon et une bière, emportais le tout pour m'installer près d'une fenêtre et profiter de la vue. Beaucoup de monde sur la jetée pour la promenade du dimanche. On y rencontrait des familles, avec de jeunes enfants qui couraient, qui s'éloignaient trop, que l'on rappelait plusieurs fois pour qu'enfin ils vous entendent. Des mamys et des papys, profitaient de l'air iodé. Parfois, ils s'arrêtaient sur un banc exposé aux rayons du soleil, pour apprécier la vue sur mer et le clapotis des vagues. Des groupes de jeunes ados se pressaient à l'entrée des attractions foraines, au bout de la jetée. Quelques tenues bigarrées, style hippie, flamboyaient dans la lumière hivernale, le « Summer of Love » de cet été à San-Francisco avait fait des émules. Après le café anglais sans saveur, je repartis pour mon plan de l'après-midi, découvrir où habitait ma propriétaire. Dans une poche j'avais le contrat de location signé, non pas pour le déposer dans sa boîte à lettre, mais pour me justifier au cas où je l'aurai rencontrée. Après une bonne demi-heure de marche pour rejoindre une rue perpendiculaire à la plage de Hove, j'arrivai à hauteur de ma destination. Comme un détective de mauvaise série, j'avais l'imper pour, positionné sur le trottoir d'en face derrière une fourgonnette, j'observai une agréable maison, avec bay-windows au rez-de-chaussée, comme souvent en Angleterre. A l'étage un petit balcon en bois blanc d'où l'on pouvait voir la mer en enfilade. Peu de terrain côté rue mais j'imaginais un bel espace côté jardin. Vu la situation géographique et le prix de l'immobilier près de la plage, il fallait une certaine aisance financière pour habiter cet endroit. Je traînais pour rentrer, vagabondais de nouveau dans les Lanes, pas pressé de manger seul au bout de ma table. Avec la radio dans la cuisine, un ancien poste mis à la disposition des locataires, j'écouterais Radio Caroline. C'était la première radio pirate à avoir émis au large des côtes anglaises en 64 et la dernière et seule à défier l'état anglais en octobre 67. Toutes les autres stations en mer qui l'avaient suivie depuis le début, avaient cessé d'émettre après leur mise hors la loi par le gouvernement Wilson en août 67.

*

Mercredi 4 à quinze heures pile, j'étais à la porte du restaurant « The Inn », elle était entrouverte, je toquai. Un aimable « come in » me fit entrer. Devant moi le bar et derrière ce bar un homme d'une quarantaine d'années, assez grand, cheveux blonds tirant légèrement sur le roux.

Je me présentais « Bonjour, je suis Philippe j'ai rendez-vous avec Monsieur Flynn »

- C'est moi, bonjour Philippe, entrez. Vous cherchez un job, pour vous aider à financer vos études d'anglais à Brighton, je crois. Madame Collins m'en a parlé.
- Oui
- Vous connaissez la ville ?
- Oui, je suis venu deux fois en vacances, cet été et l'année dernière.
- L'hiver c'est plus calme, mais ça reste une ville balnéaire, c'est très agréable. Bien, vous savez, c'est un travail de plonge. C'est un job dur, très physique, les horaires sont contraignants. Vous pensez pouvoir faire ça ?
- Oui, j'ai déjà fait peintre en bâtiment, physiquement ça ira, et je suis très motivé.

- Bien, vous savez aussi que c'est un mi-temps, vous partagerez le planning avec un autre étudiant, il s'appelle Alan, c'est lui qui vous formera.
- Oui, c'est d'accord.
- Bien, vous commencerez demain soir avec Alan, pour la paperasserie vous verrez demain avec mon épouse. Venez, je vais vous montrer la cuisine.

Je suivi mon futur patron passant par une porte à battants près du bar. Il portait un pantalon de velours marron et un col roulé beige, j'avais mis mon noir, ça prêtait à sourire, il marchait en silence dans des pantoufles charentaises.

La pièce était rectangulaire, pas très large avec une fenêtre à guillotine au fond. Les murs étaient recouverts assez haut de faïence blanche. Le sol au carrelage ivoire avait une légère pente partant des quatre murs pour mener à une grille d'évacuation au centre de la cuisine.

Dès l'entrée, le boss me présenta l'agencement.

- Bien, sur le mur gauche le plan de travail avec les us-tensiles accrochés : louches, écumoires, araignées, et cætera. A droite le piano, huit feux avec deux fours. Nous disposons aussi de deux grills, et d'un four supplémentaire. Au fond, les bacs à laver les légumes. Bien, suivez-moi par cette porte à gauche. Sur ce palier, à droite vous avez la réserve et les frigos, on peut y accéder directement depuis la cuisine par une porte au fond. L'escalier en face mène à l'étage où se trouve le bureau, le vestiaire et une autre pièce de rangement. Les toilettes du personnel sont également en haut. A gauche c'est l'espace plonge. Vous avez le passe-plat depuis le restaurant, les bacs, les armoires pour ranger la vaisselle. Les deux fenêtres rectangulaires en haut du mur côté droit donnent sur une cour intérieure.

De là, demi-tour droite, Mister Flynn me raccompagna à l'entrée du restaurant.

- Bien, c'était un peu rapide mais j'ai des menus à établir et des commandes à passer. Hors saison on ouvre à partir du jeudi soir. On se revoit demain à quinze heures.
- Entendu, au revoir monsieur Flynn.
- A demain

Effectivement cela avait été rapide, une dizaine de minutes et pas de véritable entretien. Je repartis sûr de moi pour ce nouveau boulot.

Le lendemain à l'heure dite j'entrai dans le restaurant, accueilli au bar de nouveau par le patron qui m'envoya direct au premier étage rencontrer madame pour selon ses dires, régler la paperasserie. J'étais très curieux de connaître madame Flynn, quand je toquai à sa porte entrouverte, une charmante voix me demanda d'entrer. Assise derrière un grand et massif bureau en bois patiné, équipé d'une magnifique lampe de banquier en laiton avec un abat-jour vert, une jolie femme aux cheveux blond cendré mi-longs, yeux bleus derrière des lunettes cerclées d'une fine monture noire. Elle m'accueillit d'un joli sourire et me proposa de m'asseoir. J'imaginai facilement mesdames Flynn et Collins, vingt ans, défilant au début des années 50 sur la promenade de la plage, en robes d'été corolle, de couleurs vives, sans manche, froncées à la taille ou avec une large ceinture. Elles devaient affrioler leurs congénères masculins, aux langues pendantes et aux yeux exorbités, tel le loup de Tex Avery. Aujourd'hui ce serait toujours le cas, avec en plus l'aisance et l'élégance qui leur donneraient un charme fou.

- Bonjour Philippe, je suis madame Flynn
- Bonjour madame
- Vous avez vu mon mari hier, nous connaissons très bien madame Collins et comme nous prenons parfois des étudiants pour la plonge nous avons accédé à votre demande. En tant qu'étranger vous allez devoir répondre à quelques formalités. Ne vous inquiétez pas, nous savons faire. Vous travaillerez à mi-temps, parfois il se peut que vous dépassiez les horaires, vous verrez ça avec mon mari. Un équipement vous sera fourni. Nous allons commencer par remplir ensemble les formulaires pour la carte de séjour.

Une petite demi-heure plus tard, Madame Flynn appuya sur une touche de l'interphone posé sur son bureau pour appeler Owen qui m'emmena visiter les locaux. On commença par le vestiaire des gars. Deux rangées de quatre armoires métalliques posées sur une assise en bois, servant également de banc, se faisaient face au centre de la pièce. Sur un mur côté droit, des miroirs au-dessus de lavabos, au fond deux fenêtres donnant sur la rue. A la demande d'Owen nous nous assîmes face à face au pied des armoires. Il entama la conversation :

- Voilà, je suis l'adjoint du patron en cuisine, un peu spécialisé en pâtisserie. Dans l'équipe, il y a Oliver, avec nous depuis un an, il débute mais commence à avoir une bonne expérience. A la plonge c'est Alan, étudiant comme toi. Au service en salle, ce sont Ellen et Alec, ils sont là depuis longtemps. Mary la patronne est au bar et à la caisse. L'ambiance est bonne, la patronne et le patron sont sympas, tu sais tout. J'oubliais, le patron, son nom c'est Jack, mais on l'appelle « Bien », car dès qu'il s'adresse à nous il commence toujours par « Bien ». Et toi t'habites où en France ? à Paris ? tu fais quoi comme études ?
- J'habite au Havre en Normandie, je prépare une licence d'anglais, après je ne sais pas, peut-être dans le commercial.
- Le Havre, je ne connais pas, c'est où exactement ?
- C'est un port en face de Southampton.
- Tu habites où à Brighton ?
- Gardner Street
- Viens, je te fais le tour vite fait, tu verras un peu comment on bosse. Alan t'expliquera la plonge, ce n'est pas chargé ce soir, on tourne bien du vendredi soir au dimanche midi.

On commença par la réserve : deux grands frigos et un petit escalier en colimaçon qui descend à la cave bien fournie en vin Français, mais aussi un peu d'Italien. Remontée, passage porte battante donnant au fond de la cuisine près des bacs de lavage où Alan rince de la roquette, salut, salut. Au plan de travail, Bien et Oliver s'affairaient sur du saumon, du colin et du haddock, de la lotte aussi, salut, salut, porte battante sur le restaurant, Ellen préparait les tables, bonjour, bonjour. Alec absent ne travaillait que le week-end. Nous fîmes un petit tour dans la salle de style champêtre avec poutres au plafond, murs en brique ou chaux et colombages, carreaux de ciment rouge et blanc en damier au sol. Des suspensions à chaîne et abat-jour métallique, éclairaient des tables en bois brut foncé recouvertes de courtes nappes à petits carreaux rouge et blanc. Pour s'asseoir, des chaises paillées ou le long des murs des banquettes en simili cuir marron. En bout de chaque côté de la salle, trônait un vaisselier en bois patiné. Un bar rustique, avec deux hauts tabourets pour se poser et discuter autour d'un verre, servait principalement à préparer les apéritifs et les cocktails. Les murs étaient ornés d'anciennes affiches publicitaires ou évènementielles de Brighton comme la représentation graphique des célèbres transats de la plage, rayés bleu et blanc aux couleurs de la ville, les jetées, le Brighton Pavilion, ou une publicité du luxueux train pullman Brighton Belle, reliant la gare Victoria de Londres à la station balnéaire. Je fus intrigué par une affiche à dominance rouge annonçant un concert des Rolling Stones à l'Hippodrome de Brighton, l'après-midi du dimanche 11 octobre de 6h00 à 8h30. Je m'adressai à Owen :

-   Un concert dans un hippodrome ?

- C'est le nom d'un théâtre pas loin d'ici dans Middle Street, il est fermé maintenant. Les Stones c'était en 64, les Beatles sont venus aussi cette année-là.
- Et les autres groupes sur l'affiche, tu les connais ? Les Mojos ?
- Je ne suis pas un spécialiste pop-rock, ils ont dû avoir un succès à l'époque. Les autres, Mike Berry et les Innocents, groupe de rock je crois, Inez and Charlie Foxx c'est du rythm and blues. Simon Scott with The Le Roys, ils jouaient du Rock des années 50. Don Spencer, je ne connais pas.
- Heureusement que tu n'es pas spécialiste, en fait tu t'y connais pas mal.
- Je suis resté Rock and Roll, Chuck Berry, Cochran, Elvis du début. Mon petit frère préfère la Pop.
- Quel âge as-tu ?
- Vingt-neuf ans
- Ton petit frère ?
- Dix-sept ans, j'ai deux sœurs vingt-cinq et vingt et un ans. Un enfant tous les quatre ans, la devise de mes parents… et toi tu as des frères et sœurs ?
- Oui, deux frères et une sœur, tous trois bien plus âgés que moi, je suis le petit dernier.
- On va voir Alan pour qu'il te montre la plonge.

Il en avait fini avec les salades et lavait du matériel de cuisine. Owen nous laissa tous les deux. Mon futur collègue de labeur, équipé d'un tablier plastifié, s'appliquait à nettoyer à la main les casseroles, cul de poule, calotte, poêle, louches, couteaux et autres ustensiles qui passaient du bain moussant avec force frottage, au bac de rinçage rafraichissant. Courbé sur les bacs les mains dans l'eau, sa grande taille était un handicap, ce le serait pour moi aussi.

Il se releva, prit un torchon et tout en essuyant la vaisselle m'adressa la parole avec un beau sourire :

- Bonjour, content de te voir. Tu as fait bon voyage ?
- Oui, bonjour Alan, tu es étudiant aussi.
- Oui, j'habite Hove, je suis à l'Université du Sussex, les cours commencent et je t'attendais avec impatience. On s'arrangera ensemble pour le planning, le patron, tant qu'il y a quelqu'un à la plonge et que ça se passe bien, ça lui convient. Il est assez cool. C'est l'heure de manger, on y va, je te montrerai le job tout à l'heure.

Le resto ouvrant à dix-huit heures pour fermer à vingt-deux heures le repas à dix-sept heures était la seule alternative. Horaire bien britannique, les anglais légers sur l'encas du midi, avaient un appétit précoce pour le repas du soir. Le résultat était un décalage sur les horaires des cinémas, spectacles et autres discothèques. En France le temps fort des boîtes était aux alentours de minuit, heure de fermeture de la majorité de leurs pendants anglais.

Retour en salle où une table était dressée pour nous sept. Le patron et la patronne s'installèrent à chaque bout, les cuistots sur un côté, je m'assis en face d'eux, entre Ellen près de Madame et Alan à côté de Monsieur. Pour débuter, Oliver avait préparé une salade composée de roquette, betteraves rouges, féta, ciboulette et cerneaux de noix avec une sauce vinaigrette légèrement relevée. Ensuite c'était un grand plat recouvert de purée gratinée. Bien me présenta le Fish and Pie, tourte aux trois poissons, plat traditionnel anglais. C'était délicieux, et j'engloutis ma grosse part servie par Ellen sous les sourires des convives. Pour le dessert une tarte toute simple pomme et cannelle. Mais là résidait le savoir-faire, la pâte trop bonne, le mélange pommes, sucre, et cannelle parfait, je lui fis le même accueil qu'au Fish and Pie. Fin du repas et félicitations des dîneuses et dîneurs à Oliver qui avait cuisiné sous les conseils du chef. Dîner terminé, chacun repris son poste pour l'ouverture. Je rejoignis Alan à la plonge lavant des plats laissés au trempage dans une bassine. Puis les premières assiettes arrivèrent par le passe-plat, et la valse commença, par un tour penché au-dessus de la poubelle, puis un passage rapide sous la douchette et un atterrissage dans le lave-vaisselle avec les couverts séparés dans un premier temps. Fermeture des écoutilles, mise en marche, quelques longues minutes plus tard ouverture, récupération du matériel, attention c'est chaud, rangement sur les étagères du placard et reprise à la demande par Oliver pour Bien et Owen qui s'affairaient sur les deux plats du jour : la lotte et l'agneau anglais sauce persillée. C'était rodé comme une écurie de F1 au changement de pneumatiques. Ce jeudi soir c'était plutôt de la Formule 3 et l'équipe était à l'aise, mais les mécanos se tenaient prêts à bondir si nécessaire. Ce ne fut pas le cas, jeudi soir d'octobre le resto tournait doucement. Je m'étonnai qu'aucun verre ne passe par la plonge, c'était la gestion du bar, en l'occurrence aujourd'hui Miss Mary. J'étais ravi du lave-vaisselle, je n'en avais jamais vu. Il m'ôtait l'appréhension de ne pouvoir suivre la cadence lors d'une grosse affluence. A vingt-deux heures le resto était fermé et presque rangé, j'aidai l'équipe cuisine à terminer le nettoyage. Ellen me demanda par le passe-plat de rejoindre Bien et Mary au bar, ce que je fis avec quelque appréhension. Assis tous deux sur les tabourets, ils appréciaient un verre de Haut Médoc. Bien me demanda :

- Bien, Philippe, ça s'est bien passé ?
- Oui très bien
- Alan t'a montré la méthode, c'est clair pour toi ?
- Oui
- Bien, demain tu seras à la plonge avec l'aide d'Alan. Samedi et dimanche repos. Jeudi prochain Alan t'épaulera, vendredi tu seras seul et si c'est bon tu feras le week-end. Si tout va bien vous tournerez une semaine sur deux. Ça te convient ?
- Oui, et pour le permis de travail ?
- Ne t'inquiète pas, on s'occupe de tout.
- Entendu, bonsoir, merci
- Bonsoir Philippe, à demain quinze heures.

Tout content je rejoignis mon deux-pièces Gardner Street, branchai Radio Caroline, Les Kinks étaient sans avenir dans l'impasse de « Dead end Street », moi j'étais au paradis.

Le lendemain, petit point comptable, heureusement j'avais une belle avance d'argent, car Bien ne m'avait pas parlé salaire, moi non plus d'ailleurs, je pensais que c'était un peu tôt étant à l'essai. A mi-temps je ferai deux rotations par mois avec une très petite paye vu l'emploi. L'énorme point positif était les repas au restaurant les jours où je bossais, soit six à neuf jours selon les mois. J'étais un peu déçu car j'avais imaginé un mi-temps plus prolifique. Travailler au Wimpy ouvert sept jours sur sept midi et soir aurait sans doute été plus profitable. Brighton, ville balnéaire, les restos d'un certain niveau n'avaient pas une clientèle suffisante hors vacances pour ouvrir tous les jours. Les habitudes alimentaires britanniques n'arrangeaient pas l'affaire. Ignorant ou benêt ou les deux, je m'étais basé sur les restos français. Trouver un complément budgétaire s'avérerait nécessaire.

Fort de cette instruction pécuniaire, je descendis faire quelques courses au petit supermarché TESCO de ma rue, un peu plus loin sur le trottoir d'en face, j'y avais pris mes habitudes l'été passé. Courses immuables, pâtes, beurre pain de mie et autres basiques classiques, je pris la suite de deux clientes devant moi, à l'unique caisse ouverte, où officiait une charmante personne avec qui j'avais déjà échangé quelques banalités. Le personnel tournait selon les jours et les horaires, j'aimais bien quand elle était de service. Mince, cheveux marron foncé, assez grande, elle n'était pas à son avantage avec la blouse à l'enseigne du magasin, mais souriante avec ses yeux bruns presque noires et son air malicieux je la trouvais avenante. Elle parlait un peu le français avec un plaisant accent britannique et nous échangions quelques mots dans la langue officielle des jeux Olympiques.

Lorsque vint mon tour, surprise de me voir elle s'étonna en français :

- Vous ici !
- Oui je suis revenu pour vous voir.

J'avais répondu d'instinct un peu en plaisantant, elle sourit mais ces joues rosirent légèrement.

- Oui, je voulais vous demander si vous seriez libre demain soir pour sortir.
- Hum…Hum…À quelle heure ?... Pour aller où ? répondit-elle en comptabilisant mes achats.
- Sept heures Clock-Tower, après on verra...
- Oui…d'accord… à demain.

Je ramassai ma monnaie, et après un sourire échangé à l'aurevoir je sortis du magasin désolé. Avec mon habitude de mélanger sérieux et humour, pas toujours drôle, parfois mal compris, ma caissière préférée bien que pas dupe sur mon retour avait été sensible à ma réponse. J'avais enchaîné le plus sérieusement du monde et je me retrouvais pourvu d'un rendez-vous avec une fille sans doute sympa, mais que hors de ce contexte je n'aurais pas invitée. En déballant mes courses, j'étais toujours dubitatif quant à mon rendez-vous mais je ne pouvais me défiler, j'irai avec l'espoir d'une bonne soirée.

De retour au restaurant pour quinze heures, je rencontrais Alan à l'entrée, saluais Bien en cuisine, montais derrière Owen pour aller au vestiaire récupérer ma tenue : pantalon et veste, magnifique tablier plastifié descendant largement au-dessous des genoux, une paire de sabots caoutchouté, le tout de couleur blanche. Le restaurant, assurant la fourniture et l'entretien des vêtements de travail, avait un stock de tenues de seconde main. Après un bonjour par la porte à madame Flynn, je descendis l'escalier et me présentais à la cuisine pour un direct au lavage des légumes sous la houlette d'Alan. La suite logique fut le lavage des casseroles et autres ustensiles de cuisine, j'étais devenu laveur professionnel. Pour l'instant tout allait bien, pas surchargé et mon mentor à l'œuvre en cuisine pouvait m'épauler si besoin.

Vint l'instant sympa du repas, appelé par Alan, je déposais les armes, et m'installais comme la veille entre Ellen et lui. Oliver apporta les assiettes de l'entrée, chaussons fourrés à la viande et sa salade. Comme plat des restes de l'agneau du menu de la veille accompagnés tout simplement d'haricots verts frais, le patron se faisait livrer tous les jours les produits de saison. Comme dessert un pudding aux dates servi tiède avec une sauce caramel et beurre salé. L'excellent repas anglais dont je me régalais avait été préparé de nouveau par Oliver toujours aidé par Owen ou Bien. Le but était de profiter des périodes creuses du restaurant pour laisser l'apprenti s'entrainer sur des menus basiques, le week-end et la saison estivale ne lui laissant aucune opportunité de s'émanciper. De retour dans mon repaire, je me préparais à l'offensive d'Ellen qui attaquerait à coups d'assiettes et de couverts par la trappe ouverte au-dessus de mon plan de travail. Heureusement comme la veille, ce fut tranquille me permettant ainsi de prendre mes marques. Après le nettoyage et le rangement, fin des hostilités à vingt-trois heures.

Bien me félicita et me convoqua comme prévu pour le jeudi suivant. Je sortis du restaurant, m'allumai une Senior-Service et satisfait du devoir accompli, parti tranquille à travers le dédale des Lanes.

*

Samedi matin, breakfast avec œuf au plat, bacon, toasts, marmelade orange, le tout arrosé d'un bol de thé noir. Beau temps anglais, soleil d'octobre et nuages, je profitais de la promenade du bord de mer. Au Kiosque à journaux j'achetais « Sun Sport ». Les deux clubs de foot, Manchester, City et United, étaient en tête de la ligue1, Liverpool et Leeds troisième et quatrième. Les supporters de Manchester United avaient la chance de voir jouer le fantastique et fantasque Georges Best, irlandais de Belfast. L'ailier des Red Devils ridiculisait les défenses adverses sur les terrains et enchantait la gent féminine avec sa gueule d'ange. Surnommé le cinquième Beatles, c'était une rock star qui enflammait les tabloïds anglais avec ses soirées de folie en compagnie des plus jolies filles. Je n'étais pas George Best, ce soir-là je sortais avec une employée de Tesco qui m'aurait laissé sur place comme toutes les autres donzelles, pour courir derrière le beau dribleur de génie. Sans voiture de sport à ma disposition, je lui proposerai une marche à pied pour rejoindre le pub Apple-Tree, endroit sympa que m'avait fait découvrir cet été la séduisante Eva.

A six heures quarante-cinq j'étais sur la petite place de Clock-Tower, apparemment pas le seul à faire le piquet. Sept heures dix, arriva face à moi une jolie fille que je n'aurais pas reconnue si nous n'avions pas eu rendez-vous. Je fus abasourdi par la transformation de la caissière vêtue d'une blouse aux couleurs d'un supermarché en une nana élancée, cheveux tombant sur les épaules, manteau croisé beige quatre boutons, bottes cuir fauve, mini sac cuir en bandoulière. Par chance j'étais en tenue de gala, j'avais prévu d'aller au Top Rank. Je ne portais pas de cravate pour garder un peu de désinvolture, mais j'en avais une dans une poche de l'imper pour pouvoir entrer. Après un bonsoir, bonsoir, elle accepta ma proposition de boire un verre et nous partîmes par les petites rues pour l'Apple-Tree, heureusement assez proche car notre conversation pendant le parcours fût pour le moins limitée. Le petit pub était tout en longueur, on s'installa à la dernière table le long d'un mur, chacun sur sa banquette.

Je m'étais déjà assis à cette place l'été dernier. J'allais chercher deux demi-pintes de cidre au bar et après une première gorgée j'entamais la conversation :

- Mon nom est Philippe et toi ?
- Eve

Un peu scotché par ce prénom, Eve l'anglaise après Eva la suédoise dans le même Pub à la même table, j'enchaînais pour la connaître. J'appris qu'elle venait d'Hasting, ville à une soixantaine de kilomètres à l'Est de Brighton. Elle était étudiante en Sciences Humaines à l'Université du Sussex, souhaitant faire de la recherche en Sociologie après son cursus. Elle travaillait partiellement au supermarché Tesco, géré par son oncle, pour se faire un peu d'argent et profiter de l'appartement au-dessus du magasin. L'oncle habitait une maison en périphérie de Brighton. J'appris également qu'elle retournait à Hasting une semaine sur deux quand elle n'était pas de service le samedi au magasin. Eve me parlait en français, reprenait en anglais quand elle rencontrait des difficultés. Je faisais de même d'abord en français puis en anglais quand elle ne comprenait pas. Je trouvais ça sympa, cette conversation dans les deux langues. C'était la première fois pour moi. Je lui donnais quelques infos, d'où je venais, lui décrivis sommairement mon nouveau lieu de travail, elle ne connaissait pas le restaurant. Une heure plus tard nous partions pour le Top-Rank, parlant tout le long du chemin. Manteau et imper déposés au vestiaire, je découvris sa robe que je n'avais pas vraiment remarquée, son manteau était juste entrouvert à l'Apple-Tree. Elle portait une mini robe à col roulé en lainage beige très clair, unie en partie haute et à fines côtes dès le dessous de la poitrine. Les manches longues suivaient le même motif. Les collants donnaient un effet bronzé à ses jolies jambes. Eve était superbement jolie et sans doute plus âgée que mes dix-huit ans. Je pouvais faire plus vieux que mon âge, je n'étais pas timide, mais à cet instant, je ne me sentais plus sûr de moi.

On entra dans la salle sur « Knock on Wood », interprété par le chanteur et la chanteuse de l'orchestre qui se la jouaient Otis Redding et Carla Thomas, roi et reine de la soul. Les cuivres se faisaient plaisir, c'était une super entrée. A l'un des bars du rez-de-chaussée on prit tous deux une vodka-citron avant de s'installer à l'une des tables autour de la piste de danse. Un peu en retrait au deuxième rang, on papotait depuis un petit moment quand les premières notes de « Rock around the clock » de Bill Haley envahirent la salle, Eve me demanda : « tu danses le rock ? » Je me levai, l'invitai à passer devant moi.

On se trouva un espace en bord de piste. Je n'avais jamais pris de cours de rock et craignais qu'Eve ne soit une experte. Dès les premières passes on s'entendit parfaitement et c'était bon pour moi, je savais par expérience que lorsque tu rockais bien avec une fille cela créait une complicité. On enchaîna plus lentement avec « Lucille » de Little Richard et l'on reprit le rythme avec « Johnny B. Goode » de Chuck Berry. Puis l'orchestre s'arrêta pour une pause, la scène tourna, le disc-jockey était en place. Eve et moi, enchantés de cette entente, revenions à notre table et j'allais chercher deux cocas. La puissance de la sono nous rapprocha pour parler, quand je me penchais vers elle pour tenter de la faire sourire, j'appréciais son parfum légèrement épicé. J'essayais d'être drôle, me moquant gentiment de l'attitude des trois filles à la table devant nous. Eve souriait, riait parfois, elle appréciait l'humour décalé. Normal pour une britannique. Les filles cancanaient elles aussi sur les couples qui dansaient mais elles n'étaient pas invitées. Et puis un gars, bien de sa personne, proposa de danser à l'une d'entre-elles. Elle accepta en se levant et se tournant vers ses amies, leur adressa une mimique de « pourquoi-pas ? ». Le danseur ne put la voir il attendait un peu en retrait de la table. Les copines auraient sans doute aimé être conviées mais pas par un mec comme lui, trop ceci, pas assez cela. Ou bien se disaient elles « la chance qu'elle a ! De toute façon c'est toujours elle qui récupère les beaux mecs, on est des faire-valoir, la prochaine fois on ne sort que toutes les deux. » Peut-être étaient-elles sans arrières pensées, mais quand même c'était souvent elle qu'on invitait la première. Sans doute était-ce plus facile pour les gars, on n'attendait pas on invitait. Avec mes compères, pas de concurrence on naviguait selon le vent. Un refus n'était jamais plaisant mais comme ils se faisaient rares on n'y pensait pas. La méthode de mon copain des colonies de vacances, regarde-toi dans le miroir, était efficace même si parfois l'ego était meurtri.

Eve partie aux toilettes, je m'attardais sur la programmation du disc-jockey. Relance avec un tube qui marchait à coup sûr, une suite qui allait bien pour garder le rythme, des nouveautés avec parcimonie, et pour finir un thème d'ambiance pour aller chercher des consos au bar.

A peine Eve était-elle de retour que « Stand-by me » de Ben E. King était sur la platine. Je tendis la main vers Eve qui la prit naturellement. Sur la piste on se la fit slow qui balance. « A whiter Shade of Pale » de Procol Harum nous rapprocha, Eve croisa ses doigts fins aux ongles roses pastel autour de ma nuque, je resserrai mes mains autour de sa taille, nos corps se joignirent en une danse sensuelle. Dans un même instant, sans un regard, nos lèvres se trouvèrent pour un formidable baiser qui m'étourdit quelque-peu. Comme dans le tube du groupe londonien qui passait : « j'en avais presque le mal de mer ». Eve était ma sirène.

Puis on monta à l'étage, bien installés sur une banquette d'un des bars, on se reprit une vodka-citron. On parla musique, mode, Brighton, Hasting, Normandie. Elle n'était jamais venue en France et voulait visiter Paris. Je lui proposai :

- On peut se faire un resto demain midi si tu veux ?
- Demain je dois travailler mes cours toute la journée. Si je sors je prendrai du retard.
- Juste une pause, vite fait le Wimpy ?
- Non je me connais, après j'aurai du mal à reprendre. Une autre fois. Le mieux c'est le prochain samedi soir que je reste ici, dans deux semaines.
- Non, c'est loin, très loin, trop loin….

Riant, elle me répondit :

- C'est vrai, mais entre l'université, le job au magasin, les cours à apprendre le soir, et Hasting, je n'ai que ça de libre.
- Sur deux semaines tu dois bien faire une pause détente, on peut aller au ciné.
- Passe au magasin je verrai si je peux un soir, je te dirai le jour.
- Ah, tu pourras j'en suis sûr. Choisis ton film.
- Ok, c'est une bonne idée ça coupera la semaine, parfois je sature.
- Génial !

On fit le retour main dans la main, on s'arrêtait pour s'embrasser. C'était facile par les Lanes, les entrées des boutiques, les encoignures nous invitaient. Les dix minutes du parcours augmentèrent de façon exponentielle, les arrêts s'allongeaient, devenaient de plus en plus chaud… et la pluie arriva. Pas de véritable abri loin des regards, on partit en courant les deux mains au-dessus de nos têtes, tenant elle son manteau, moi mon imper. Avec ses bottes à talon c'était difficile, je l'attendais, l'accompagnais. On continua ainsi jusqu'à chez elle, la pluie s'intensifiait, elle mit la clé dans la serrure, entra, me fit non, non, avec son index, m'embrassa du bout des lèvres, me sourit, et referma la porte. Scotché, les deux bras toujours en l'air tenant l'imper je restais à la fois béat et frustré devant la porte qui se refermait. Son baiser et son sourire m'avaient consolé mais je m'étais imaginé continuant nos brûlantes embrassades dans le couloir et l'escalier pour terminer dans son lit. Je partis pour chez moi, pas envie de chanter sous la pluie, quand, juste devant ma porte, une belle flaque m'invita. Je me pris pour Gene Kelly, sautai dedans à pieds joints, dansai et éclaboussai tout autour de moi. Pas de policier derrière moi pour m'interrompre, comme dans le film, je m'en donnais à cœur joie. Les jambes mouillées, heureux comme jamais, j'entrais, montais l'escalier en fredonnant « Singing' in the rain ».

*

Le dimanche, temps maussade, nuageux, sans luminosité. J'allais à la « Palace Pier » et à mon petit resto en bout de la jetée. En passant devant Tesco, je m'étais arrêté pour regarder les fenêtres du premier étage. A l'une d'entre elles les rideaux ouverts laissaient passer le jour mais pas la moindre vue d'Eve. L'envie de toquer à sa porte était immense, j'hésitais, mais après quelques minutes je poursuivis mon chemin. Je passais le début d'après-midi en balade au bord de mer puis m'installais au bar d'un grand pub où jouait un groupe de rock. Petite formation : une batterie, deux guitares, une basse, et une fille qui chantait ou jouait du saxo. Très bons, ils interprétaient des reprises, un peu de blues, quelques titres connus, repris par le public. Parfois, des couples dansaient sur une petite piste improvisée devant le groupe. J'étais fan de l'ambiance, seul c'était moins sympa mais la musique dissipait mon vague à l'âme.

Le lundi matin, on frappa à la porte de la rue, un facteur tout de bleu vêtu, me tendit un gros paquet enveloppé de papier-kraft, mes cours du CNEC que maman m'avait renvoyés. J'ouvris le colis dans la cuisine, découvris une enveloppe sur le dessus, à l'intérieur un petit mot et des livres sterling. Bien joué, merci maman. Je fis le point de mon programme. Avec le décalage de la poste aller-retour France Angleterre, si tout allait bien, j'avais une semaine de moins pour rendre mes devoirs. Jeudi retour au restaurant, donc à fond pour être à l'heure, la reprise serait dure.

J'avais hâte de connaître la réponse d'Eve pour la sortie au cinéma. Le lendemain matin j'allais chez Tesco. Dès l'entrée, je l'aperçus à la caisse. Le temps de mes achats, je l'observais à la dérobée : cheveux à l'arrière retenus par un chouchou rouge, appliquée à enregistrer et encaisser les achats, sa transformation était impressionnante. Les clients ne pouvaient s'imaginer la danseuse qu'elle était sur une piste de discothèque. Moi je le savais, j'en étais tout heureux. J'étais amoureux, ça m'était déjà arrivé mais pas comme cette fois-ci. Je pris la file d'attente avec mes quelques courses, ce fut mon tour, « bonjour, bonjour » tout en comptabilisant mes achats Eve me dit en français sans me regarder « ce ne sera pas possible pour le ciné, viens me chercher ici à dix-huit heures le samedi de la semaine prochaine. On pourrait faire un resto, et aller au Pop-Inn si tu veux. » Les clients attendaient derrière moi, pas de commentaires, je lui répondis aussi en français, « c'est très bien, bonne idée, d'accord pour le rendez-vous ». Petit sourire entre nous quand elle me rendit la monnaie, je pris mes affaires et ressortis du magasin dégoûté, abattu, écœuré. J'avais fait bonne figure, mais l'amoureux avait bien compris qu'il n'était pas la préoccupation première d'Eve la caissière, que ça pouvait attendre quasiment deux semaines. Et les directives étaient claires : heure, lieu, soirée, tout était prévu. J'avais un peu l'impression d'être aux ordres, on aurait pu prendre un pot vite fait, même sans aller au cinéma, parler un peu, flirter beaucoup, décider ensemble de notre prochaine sortie. De retour à l'appart, vautré dans le fauteuil près de la fenêtre, je cherchais l'erreur. Pourtant tout s'était bien passé au Top-Rank. Les cours sur la table m'attendaient, je n'étais pas décidé. Moral cassé, je mis Radio Caroline, les frères Gibb des Bee Gees entonnaient « Massachusetts » classé numéro un. Comme ça c'était complet, je n'aimais pas le titre, je n'aimais pas, mais pas du tout les Bee Gees. La journée serait dure, je coupai la radio, ouvris les bouquins de cours.

Le lendemain mercredi, j'apprenais que pour Che Guevara, c'était l'avant-veille que la journée n'avait pas été top. Le lundi 9 octobre 1967, il était assassiné. Le révolutionnaire argentin, compagnon de Fidel Castro lors du renversement du dictateur Batista à Cuba, en 1959, devenu ministre du nouveau gouvernement cubain, avait repris du service en Bolivie. Les dirigeants du pays et la CIA n'avaient pas apprécié. Blessé, capturé lors d'un affrontement avec l'armée bolivienne le 8 octobre, il avait été exécuté le lendemain. Mort à trente-neuf ans, l'ex étudiant en médecine devint une icône, sa photo avec un béret étoilé ornera des millions de t-shirts et les murs des chambres de la jeunesse contestataire.

$*$

Le jeudi, après trois jours à étudier les cours, entrecoupés de quelques balades en solitaire, je fus tout heureux de retrouver l'équipe du restaurant. J'étais aussi très en attente du bon repas préparé par l'apprenti Oliver. A mon arrivée Bien me demanda si j'étais en forme, réponse affirmative, je saluai toute l'équipe, et madame Flynn à l'étage. Je revêtis ma tenue de plongeur en cuisine et rejoignis le bac de lavage des légumes avec mon chaperon Alan. Début d'immersion dans l'eau froide sur fond sonore de jazz. Bien en était fan. Une bande son du restaurant tout en douceur, ambiance détente, j'aimais bien ce début cool. Et puis les bruits de de la cuisine s'amplifièrent, la musique s'estompa. Changement de lieu : j'intégrai mon domaine de plonge avec les premières casseroles et vint enfin le repas que j'attendais. Oliver nous avait préparé de l'Irish Stew, tout simplement du ragoût d'agneau mais avec une sauce à base de Guinness. En manque de bons plats, maman était bonne cuisinière et mes propres repas étaient très limités en qualité, je me régalais de la très belle portion servie par Ellen. Les conversations au cours du repas étaient lancées le plus souvent par Bien et Mary ; Alan, Oliver et moi ne participions que lorsque l'on nous interrogeait. Entre le plat et le dessert Owen demanda à Ellen :

- Et ton frère, où en est-il de son groupe de rock ?
- C'est un peu long, pas de vrai chanteur, un guitariste est parti, ça stagne.

Et là sans savoir pourquoi, j'enclenchai :

- Je joue de la guitare, je pourrais faire un essai ?
- Oui, bien sûr je lui demanderai, tu joues depuis longtemps ?
- Pas trop non, si ce ne sont pas des pros peut-être que ça leur plaira.
- Non ils s'amusent, mon frère a dix-huit ans. Je te donnerai la réponse demain mais ce sera oui.

De retour dans mon antre après le délicieux Banoffee Pie d'Oliver, gâteau à base de banane avec de la crème fouettée et du caramel, le tout sur une pâte brisée, je me demandais dans quelle galère je m'étais fourré. Comme avec Eve j'avais parlé d'instinct. Pas sûr du tout que ce serait aussi prolifique, j'allais me ridiculiser devant le groupe mais aussi auprès de mes congénères du restaurant.

La soirée s'était bien passée, le lendemain j'étais seul à la plonge. Vendredi soir le restaurant était quasi complet, Alec avait rejoint Ellen pour le service, Mary réceptionnait les clients, préparait les apéros, assurait le lavage des verres et la caisse. Les cuisiniers étaient en place, j'étais dans les starting-blocks, un peu tendu, ne pas rater le départ et à fond sans s'asphyxier jusqu'à la ligne d'arrivée. Les premières assiettes et couverts m'arrivèrent par Alec, nettoyage au-dessus de la poubelle, un coup de jet et mise en place bien ordonnée dans le lave-vaisselle, les couverts dans le panier. La farandole commença, le passe-plat devait toujours être dégagé, les assiettes pré-nettoyées bien rangées sur le côté pendant le cycle du lave-vaisselle. Stop du lave-vaisselle, vite décharger et ranger dans les buffets ouverts, vite recharger, vite dégager le passe-plat, vite changer la poubelle, vite, vite, vite. Onze heures trente j'étais mort. Je m'étais imaginé une petite sortie après le boulot, j'avais toujours eu trop d'imagination.

Le samedi soir, resto complet avec quasiment deux services, j'étais en place, bien en place, je connaissais le parcours, le rythme était bon, les gestes sûrs, la durée du cycle du lave-vaisselle bien assimilée, pourvu qu'il ne lâche pas, j'assurais comme un chef, le plongeur pro. Minuit passé tout bien rangé, prêt à aller me changer Bien se présenta à la porte.

- Bien, pas trop fatigué Philippe, tu t'es bien débrouillé, ce soir c'était difficile, demain midi ce sera plus cool, viens prendre un pot au bar avec les autres. On fait souvent ça le samedi soir.

Dans la salle de resto, je m'installais à une table avec Alec et Owen, Ellen et Oliver étaient à la table d'à côté, Mary assise à la table de l'autre bord. Tous avaient une boisson devant eux, un alcool fort. A la demande de Bien je choisis une vodka citron, le verre que je pris au bar était bien servi. Le boss nous félicita, grosse soirée, le service s'était super bien passé. Ils parlèrent un peu des plats, de modifier la carte en fonction des préférences des clients. Je sirotais doucement ma vodka en les écoutant, ça faisait du bien un arrêt détente après plusieurs heures à fond. L'alcool et la fatigue m'engourdissaient un peu. Au moment de partir, Ellen me donna un papier avec l'adresse où répétait le groupe de son frère, je pouvais passer mardi soir à dix-huit heures. De retour à Gardner Street, comme la veille, je m'écroulais sur mon lit.

Le dimanche, effervescence bon enfant, Ellen et Alec préparaient les tables selon les réservations. C'était le Roast Sunday, tradition britannique ancestrale. Le menu du jour était composé d'un plat et d'un dessert. Rôti de bœuf ou d'agneau, sauce gravy à base de jus de viande, servis aujourd'hui avec des haricots verts, des carottes, du chou-fleur sauce cheddar, et l'indispensable Yorkshire pudding qui n'est pas un dessert mais un accompagnement fait d'une pâte à base de lait farine et d'œufs revenu avec la sauce gravy. Comme dessert le Sticky-Toffe, pudding avec des dattes cuites à la vapeur et sa sauce caramel au beurre salé ou un simple Cheese-Cake. Au repas de onze heures je m'étais régalé du rosbeef et du pudding en dessert. Travailler dans un bon restaurant était une chance que je n'aurais jamais imaginée.

A quinze heures je bouclai la plonge et partis faire un tour au bord de mer. Bien couvert, je m'assis sur le petit mur longeant la promenade et m'allumai une Senior-Service. Beaucoup de monde profitait d'un rare dimanche d'octobre ensoleillé, avec peu de nuages, et sans vent. Je regardais, la mer, des enfants qui jouaient au bord de l'eau sous la surveillance des parents, certains participaient. Des jeunes étaient allongés sur les galets, repos après un samedi soir mouvementé. Je profitais des passantes, accompagnées ou non. Tournant et retournant machinalement mon paquet de cigarettes, je me demandais ce que faisait Eve à cet instant, peut-être en famille, peut-être sur la plage avec des amies ou son flirt maison. Une fille comme elle ne pouvait être seule. Jolie, classe, charmante, intelligente, ayant de l'humour, tendre et passionnée, en un claquement de doigts tous les mecs d'Hasting étaient à ses pieds. Je me demandais pourquoi elle était sortie avec moi, pourquoi on avait de nouveau rendez-vous samedi prochain. Il est vrai, que mon invitation ciné était un fiasco, point trop n'en faut, Eve avait mis le holà à mon enthousiasme, rembarré le petit français qui se la jouait joli cœur. Je m'étais imaginé que c'était facile, trop facile. Terminé les vacancières anglaises ou scandinaves qui n'étaient là que pour s'amuser le temps d'un séjour. La donne était changée je devais me réveiller, prendre en compte le nouveau contexte. On sortait, dansait, flirtait le samedi soir mais le lundi, le travail ou les études vous ramenaient à la réalité. Six jours à attendre ce rendez-vous de samedi prochain, ça risquait d'être long. Mardi j'avais mon audition avec le groupe de Brian, je m'entraînais sur trois titres : « Stand-by me » par Ben E. King, « Louie Louie » des Kingsmen et « Paint It Black » des Rolling Stones. Au-delà de ça je pouvais improviser sur quelques accords de blues. C'était le seul répertoire sur lequel je pouvais assurer. Côté français j'avais quelques titres, mais mieux valait s'abstenir.

L'adresse du rendez-vous de Brian se situait dans Hove, vingt minutes de bus et dix minutes de marche pour rejoindre une petite rue aux maisons modestes. Une dame âgée ouvrit la porte à mon coup de sonnette. Cheveux blancs tirés en arrière avec un chignon, lunettes rondes, grand sourire pour m'accueillir elle me demanda :

- Vous êtes le garçon français pour le groupe ?
- Oui
- Entrez, suivez-moi.

Une porte au fond du couloir s'ouvrait sur une grande cour intérieure avec des garages, j'étais passé devant le porche qui leur donnait accès. Elle me désigna l'un d'entre eux légèrement ouvert. Je toquai à la porte en bois, peinte en blanc comme les autres, elle s'ouvrit en glissant sur un rail. Apparut le gars qui tirait la poignée de la porte à lattes, plus petit que moi, c'était souvent le cas, chemise verte à carreaux, cheveux châtain clair, essai de coupe Beatles, yeux bleus comme sa sœur Ellen, je reconnus Brian.

- Bonjour, je suis le frère d'Ellen, entre je vais te présenter le groupe.

Je découvris le lieu des répètes. Assez grand en profondeur, éclairé par deux tubes néon, le sol était bétonné, les murs d'agglos peints sommairement en blanc. Au fond, une série de vasistas, ouverts pour apporter de l'air frais, dissipant plus ou moins bien les volutes de fumée dégagées par deux chevelus, assis à une table devant leurs bières. Côté musical je remarquai une batterie Premier, et des amplis Vox, du matériel britannique de qualité utilisé par de nombreux groupes de rock.

- Philippe, voici Eric le batteur et Fabian le bassiste.
- Salut
- Salut
- Ma sœur m'a parlé de toi, à priori tu as la cote avec elle, tu jouais dans un groupe en France ?
- Pas vraiment, on s'entraînait entre potes, on n'a pas eu l'occasion d'aller plus loin, les études de chacun nous ont dispersés.
- Ok, Tu peux jouer avec ta guitare ou avec celle que je t'ai préparée une folk acoustique Guild, on t'écoute, prends ton temps.

Je pris la Guild, modèle nettement supérieur à la mienne, récupérai un tabouret sous la table, m'installai, l'accordai tranquillement, jouai quelques accords de blues pour m'échauffer, et me familiariser à l'encombrement et au son différent de ma Framus. Pour pallier un peu mon manque de pratique, je jouerais un tempo un petit peu plus lent sans casser vraiment le rythme. Je me lançais sur « Stand-by me » un classique du blues où j'étais à l'aise. Avec « Louie Louie », pas trop compliqué non plus, j'avais un petit solo qui passa sans encombre. Court temps de repos, je me détendis un peu, sans un regard pour mon public, j'attaquai « Paint It Black » et à la dernière note de l'intro, j'entendis la batterie d'Eric dans le tempo, c'était super, mais bien que le morceau ne durât que trois minutes, ajouté aux deux autres j'avais donné mon maxi sans faire d'erreur, un quatrième titre aurait été difficile. Le manque d'entraînement se faisait ressentir. Je fis comme si de rien n'était et attendis le verdict de mon jury. Brian prit la parole : « C'est pas mal, si tu veux tu t'entraînes ce soir avec nous, après on verra. Je vais te prêter mon ancienne guitare Gretsch 6120, elle a une dizaine d'années mais c'est une bonne guitare. J'ai maintenant une Gretsch DuoJet. Je les achète d'occasion. Fabian à une basse Cruccianelli, guitare italienne comme ses parents. Eric se prend pour Ringo Starr sur sa « Premier ». En fait on se fait plaisir mais on aimerait bien progresser pour jouer devant un public.

Pour répéter avec un guitariste en plus, Brian modifia le positionnement de l'ensemble. La batterie au fond du garage, Fabian était à sa gauche, avec devant le mur face à lui, son ampli posé sur une table basse, en partie tournée vers le batteur. Près de Fabian, Brian, avec son ampli positionné comme celui du bassiste. Moi, je serai à côté de l'ampli de

Brian, le mien étant devant le mur en face de moi sur une chaise. On formait un semblant de demi-cercle devant le batteur, on se voyait tous et l'on s'entendait jouer. Je pris en main la Gretsch, j'étais un peu embarrassé, je n'avais jamais eu ce type de guitare. Brian m'aida pour le réglage de l'ampli Vox, pas trop fort pour que ce soit agréable pour tous, et me proposa d'attaquer sur un titre que je connaissais, « Boom Boom Boom », la version de 64 du groupe The Animals. Brian était « lead guitar », jouait les « solo » et moi j'assurais l'accompagnement rythmique. Après quelques reprises et mises au point on réussit à terminer le morceau. Personnellement j'avais galéré et mes collègues avaient été sympas avec moi en me conseillant régulièrement. Fabian proposa une pause, soupçonnant sans doute que j'en avais besoin. On s'installa à la table avec des bières et Brian alla chercher les sandwiches que leur préparait sa grand-mère. Sandwiches de pain de mie, garnis de fromage frais avec du concombre, ou œuf mayonnaise avec de la salade et du concombre, ou du bacon cuit avec de la tomate et du concombre. La grand-mère avait attaqué et liquidé le concombre, mais c'était très bon et avec la bière je me requinquais de ma fatigue nerveuse. J'eus droit aux questions habituelles, d'où je venais en France, pourquoi j'étais ici, où j'habitais à Brighton, puis on parla musique.

Brian commença : « on joue surtout du blues, c'est la base, à priori toi aussi, mais on aimerait bien étoffer un peu, faire du rythm and blues, pour ça il nous faut un trompettiste, mais vu notre niveau on attend d'être un peu plus au point pour en chercher un. Pour le chant c'est pareil, je n'assure pas vraiment, Fabian et Eric n'en parlons pas, et toi ?

- Moi, c'est certainement pire.
- Tu joues de l'harmonica ? demanda Eric
- Non plus, j'avais commencé à jouer de la basse, aucun de mes collègues ne voulait s'y mettre et on souhaitait rester entre nous.
- Sinon, on fait un peu de rock, pop rock, continua Brian, tu connais des titres français sympas ?
- Pas trop non, ou alors un, oui, qui plaît bien, facile à jouer, gros succès en France l'année dernière, c'est « La poupée qui fait non » de Michel Polnareff.
- Oui, bien, montre nous…

Je pris la guitare folk, m'installai de nouveau sur le tabouret. A cet instant je ne savais pas que ce tube serait repris en instrumental par Jimi Hendrix. Il l'avait peut-être découvert l'année d'avant, lors de sa tournée avec Johnny Hallyday dont il assurait la première partie. Scott McKenzie après son succès mondial « San Francisco » de l'été hippies 67 reprendrait également, cette même année, le premier succès de Polnareff sous le titre « No no no no ». Rassasié, détendu, je leur jouai « la poupée » comme jamais, recueillant les applaudissements des trois musiciens amateurs et d'Ellen et sa grand-mère venues voir jouer le groupe ou plutôt satisfaire leur curiosité sur le petit français. Elles étaient arrivées à point nommé. Et là Fabian annonça « on reprend ». Ellen demanda « She's not there ». Brian m'expliqua : « c'est un succès des Zombies, en 64, on en entend plus parler, ma sœur aime bien, on l'a appris pour elle mais c'est pas mal, ça doit lui rappeler des bons souvenirs… » et il éclata de rire. Je m'installai avec la gent féminine pour écouter, et ce fut à mon tour d'applaudir avec les dames. Les trois gars étaient au point, petit solo de basse, puis de guitare, et le chanteur réussissait à s'en sortir pas trop mal. Bravo Brian qui prit à nouveau la parole :

- Ecoute, Philippe, tu manques d'entraînement mais ça pourrait le faire, on doit voir un autre gars, on réfléchit entre nous trois, je te ferai passer l'info par Ellen.
- Ok les gars, merci à vous c'était sympa.

Je repartis du garage avec Ellen et sa grand-mère. Dans la cour, elles m'assurèrent qu'elles en avaient vu passer des prétendants lors des auditions du début et que j'étais dans les meilleurs. Ellen fit la remarque que le guitariste parti récemment était trop bon pour l'équipe, que si les gars s'entêtaient dans cette voie, ils ne formeraient jamais un véritable groupe. Je les remerciai pour leur gentillesse et repartis par le porche, un peu déçu. J'avais montré mon meilleur niveau, insuffisant pour être accepté. On était en Angleterre, pays de la musique rock du moment, il y avait de bons guitaristes à la pelle. Pourquoi m'étais-je lancé ce défi, imaginant que c'était possible ?

Le lendemain matin, petit tour chez Tesco pour l'approvisionnement, mais surtout pour voir Eve. Dès l'entrée, un coup au cœur, pas d'Eve à la caisse, une dame aux cheveux roux, coiffée en chignon. Je pris quelques bricoles et ressortis sans oser demander des infos, pour ne pas éveiller l'attention. L'après-midi je repassais devant le magasin, toujours pas d'Eve. Panique complète, découragement total, de retour dans l'appart je laissai tomber les cours, allumai la radio. Jim Morrisson chantait le refrain de « Light my fire » : « come on, baby, light my fire » ça tombait mal pour moi.

Le jeudi toujours pas d'Eve et le vendredi non plus, c'était foutu.

Le samedi matin, devant mon bol de thé, le moral était remonté, elle m'avait donné rendez-vous elle serait là. Milieu de matinée, je descendis l'escalier la peur au ventre, l'angoisse était revenue durant le court trajet. Au fur et à mesure que je me rapprochai de l'entrée du magasin, les battements de mon cœur s'accéléraient, quand je franchis la porte je crus qu'il s'arrêtait : cheveux roux était en place. Je devais savoir, je pris quelques denrées habituelles, traînais dans les allées en attendant le moment propice pour me présenter à la caisse. Une seule cliente, je me précipitai derrière elle, malheureusement, deux autres dames me suivirent et c'est devant ce public féminin que je demandai d'une voix blanche : « Eve est-elle là aujourd'hui ? » Bien entendu, comme je n'avais pas parlé assez fort, la charmante caissière d'une cinquantaine d'années, que je connaissais depuis l'été dernier, me demanda de répéter. Ce que je fis un ton au-dessus ce qui n'était pas bien haut encore. Et là d'une voix très claire elle me questionna : « vous cherchez Eve ? » J'eus l'impression que toutes les clientes du magasin s'étaient arrêtées de faire leurs courses et qu'elles attendaient ma réponse.

Après mon affirmation, j'eus droit à un sourire que je qualifiais pour le moins de moqueur, et aux mots que j'espérais : « elle sera là cet après-midi ». Je pris mes achats sur le tapis, en me retournant, j'eus droit à un autre sourire que je qualifiais lui de malicieux par la personne suivante. En fait j'avais le sentiment que toutes les clientes se moquaient du petit français qui s'inquiétait de la présence de sa petite amie, ou peut-être de son ex qu'il espérait reconquérir. Fi des sous-entendus, je sortis du magasin le sourire aux lèvres.

De retour à l'appart j'étais sur un nuage, j'allumais la radio, chantais avec les Beatles « All you need is love » et frissonnais à la voix envoûtante de l'américaine Bobbie Gentry interprétant « Ode to Billy Joe ». Je me concoctais un repas de roi : steak haché œuf à cheval avec pommes de terre sautées. L'après-midi je bossais bien mes cours et, après un peu de farniente sur le lit, préparais le jeune homme, espérant sans illusions me rapprocher de beau gosse. Propre comme un sou neuf comme disait maman, col roulé noir, frais ce soir, pantalons velours noir fines côtes, boots étincelantes, blouson en cuir cognac foncé je déboulai l'escalier pour attendre Eve à la sortie de son appart. Six heures moins dix, j'étais sur le trottoir d'en face Tesco. Six heures dix, la porte s'ouvrit, le ciel s'éclaira, une déesse bleue apparut : bottines, jeans, blouson, le col roulé blanc était là pour mettre en valeur l'ensemble, ses cheveux brun foncé ondulaient sur ses épaules quand elle traversa la rue. A son approche elle me sourit de ses dents blanches, de son rouge à lèvres rouge framboise, de ses yeux marrons étincelants. Elle lut dans mes yeux que j'étais charmé, m'embrassa du bout des lèvres, me demanda :

- on y va ?

- le pub ?

- d'accord

Samedi soir foule dans un pub des Lanes, on se trouva une table pour deux au fond de la salle, elle sur la banquette moi sur une chaise, Eve amusée me demanda :

- tu t'inquiétais que je ne sois pas là ? Patty m'en a parlé.

- Oui je ne t'avais pas vue de la semaine à la caisse, je craignais que tu sois retenue ailleurs.

- la sœur de ma mère qui habite en Ecosse était à la maison pour la semaine, nous sommes allées à Londres acheter des fringues toutes les trois, je me suis arrangée avec mon oncle pour la caisse et séché les cours. J'ai été surprise que tu me demandes, le samedi que l'on était sorti ensemble tu n'étais pas empressé de me revoir, tu n'as pas toqué à ma porte le dimanche.

- je le voulais mais je n'ai pas osé, je t'avais proposé un resto, tu avais refusé pour pouvoir bosser tes cours.

- Dommage, je t'aurais offert un thé…

A cet instant je me suis rendu compte que j'avais été nul, qu'Eve avait raison. Avec les filles j'agissais parfois en dépit du bon sens. Ce n'était pas la première fois. A la Frégate à Etretat j'avais attendu une fille, rencontrée trois jours avant au même endroit, qui était partie aux toilettes pour ne plus revenir. Une autre fois, toujours à la Frégate je n'avais pas attendu assez longtemps une autre fille avec qui j'avais dansé, partie elle aussi aux toilettes. A son retour j'étais sur la piste, j'ai compris ma fatale erreur dans son regard. Là, avec Eve hors de question de me louper.

- Tu as raison, excuse-moi.
- Tu t'es racheté en demandant à Patty où j'étais, me répondit-elle en riant.

Et puis le temps de manger des œufs frites avec une bière, de boire ensuite deux Marie-Brizard avec glaçons pour Eve, deux whiskies secs pour moi, Eve me raconta son shopping à Londres avec sa mère et sa tante. Trois folles en vadrouille, dans Soho et Carnaby Street, Oxford Street et Regent Street, endroits branchés fringues. Les deux sœurs se prenaient pour des petites jeunes et Eve amusée suivait, profitant des largesses de sa tante pour sa tenue de ce soir. Pas en reste sa mère avait elle aussi été généreuse et toutes trois étaient revenues à Hasting avec des paquets plein les bras.

C'était l'heure du Pop Inn, on partit main dans la main à travers les ruelles des Lanes pour rejoindre Montpelier Road. Une petite quinzaine de minutes plus tard on faisait la queue pour rentrer dans la discothèque. Réputée pour être sans histoire, sans alcool, et interdit aux moins de dix-huit ans elle était fréquentée plus particulièrement par les étudiants, l'été on y rencontrait nombre de scandinaves. Discothèque typiquement anglaise située dans des caves aux murs peints, un bar, et un groupe ou un disc-jockey. Beaucoup de monde comme toujours, on était entré sur « Tallyman » de Jeff Beck et puis les premières notes de « Soul Fingers » par les Bar-

Kays ont chauffé l'ambiance, et nous deux aussi. On se mit sur le côté, près d'un mur, peu de place pour le rock, le rythme n'était pas pour, on a mélangé jerk et passes de rock et enchaîné sur « Mustang Sally » de Wilson Pickett. On s'entendait super bien pour danser, et bizarrement ce soir sans s'être concertés, on avait le même style : col roulé blouson pantalons boots. En ce qui concernait Eve, il était facile de remarquer qu'elle ne laissait pas indifférent les mecs. Le col roulé blanc près du corps séduisait les regards et le jean moulait suffisamment pour mettre en éveil tous les sens de la gent masculine. Si elle avait voulu m'impressionner, c'était réussi, j'étais fou. Sur « Death of a clown » des Kinks on s'est fait un slow-rock, « Gin House Blues » d'Amen Corner nous a rapproché, terriblement rapproché. Musique envoûtante, voix fascinante, les mains d'Eve m'ont enserré un peu plus encore la nuque. Les yeux fermés, elle a serré ses jambes autour de ma jambe droite, bien collée à moi elle a commencé un lent frottement sur le bas de ma cuisse, se penchant légèrement en arrière, elle suivait le tempo, on faisait du sur place, on ne faisait qu'un, on s'était envolés, c'était magique, trois minutes fantastiques. Dernières notes des saxos, j'ai croisé le sourire d'une nana, Eve a posé la tête sur mon épaule, m'a glissé à l'oreille : « on s'en va ».

Retour à Gardner Street, on marchait vite, sans un mot, me donnant la main Eve donnait la cadence. A sa porte elle m'entraîna dans le couloir et les escaliers, la porte de l'appart refermée d'un coup de talon, on s'enlaça, on s'embrassa, un baiser qui dure le temps de retirer nos blousons. Les cols roulés furent jetés à terre, les pantalons suivirent, ne pas oublier les chaussettes, Eve était trop sexy dans sa lingerie jaune, elle m'emmena dans sa chambre, me dit qu'elle prenait la pilule, on s'écroula ensemble sur le lit, on se découvrit, on apprit à se connaître, et à se mieux connaitre. Après avoir bien fait connaissance, on s'endormit comme des souches.

Dimanche midi, réveillé par des bruits de cuisine, je m'étirai dans le lit, vérifiai la non présence d'Eve pour me lever. En pyjama dans la cuisine, elle préparait des œufs brouillés avec du bacon, je l'embrassai dans le cou et lui demandai : salle de bain ?

- Seconde porte à gauche fais comme chez toi et tu peux prendre ma brosse à dents.
- Merci

Salle de bain avec baignoire, pour moi, c'était la fête, je n'hésitai pas, un peu de sels de bain et je soupirais d'aise en me glissant dans l'eau. Eve m'attendait, je ne m'appesantis pas et la rejoignis dans la cuisine. Je me servis du thé, profitai des œufs bacon, me fis plaisir avec des toasts et de la marmelade d'orange. Eve s'était resservi du thé, je fis de même. Avec un sourire elle me demanda :

- Sympa le bain ? Bien dormi ?
- Trop bon le bain, très bien dormi, tu as un super appart, grand, bien chauffé, bien équipé, tu as vraiment de la chance.
- Oui, c'est vrai, l'appart est prévu pour une famille, mon oncle garde une seule pièce comme bureau. Le

midi il monte souvent pour un sandwich, prendre un café, parcourir le journal, parfois on mange ensemble, il approvisionne le frigo, je peux me servir aussi au magasin, je suis très raisonnable, je sais comment ça fonctionne, mon père gère le même magasin à Hasting.

- Tesco, c'est une histoire de famille ?
- Un peu, mon père a commencé et puis il a aidé son frère.
- Sympa ton jean, hier, tu l'as acheté à Londres ?
- Oui, c'est mon premier, avant il n'y avait que les rockers qui en portaient. Avec la mode des hippies cet été, ça a changé. J'en ai pris un simple, les fleurs dessus ce n'est pas mon truc.
- Je vais m'en acheter un, on fera un super tandem de rock. On a pas mal de choses en commun, la musique, les fringues, les sorties, on s'entend bien.

Sur ces paroles Eve se leva, contourna la table pour s'asseoir sur mes genoux face à moi, les bras autour de mon cou, elle se pencha à mon oreille, me dit :

- Cette nuit on s'est bien entendus aussi.
- Oui, c'est vrai, mais on doit vérifier aussi pour le jour.

Là j'ai joint mes bras sous ses jambes et l'ai emportée, nous nous sommes embrassés le temps de rejoindre la chambre.

Le soir, en amoureux nous sommes allés faire un tour au bord de mer, une légère brise s'était levée et la faim nous fit entrer dans un pub. Peu de monde, on s'installa à une table au fond. Une tourte à la viande comme plat et un brownie au chocolat comme dessert firent plus que nous rassasier, j'allai chercher au bar une Marie-Brizard et un whisky. Sirotant nos digestifs Eve me demanda :

- Tu as une copine en France ?
- Non
- C'est vrai ?
- J'ai eu mais je n'ai plus.
- La semaine passée j'ai largué mon copain d'Hasting.
- Vous étiez ensemble depuis longtemps ?
- Un an…, un peu plus.
- Ouah…
- Il n'était pas marrant, il s'imaginait que l'on se marierait. J'aurais dû partir depuis longtemps, je me suis décidée en te rencontrant. J'ai été surprise de te revoir au magasin après les vacances. Cet été je t'avais trouvé mignon, on en avait parlé avec Patty, elle est super sympa. Quand tu m'as demandé pour sortir, je n'ai pas hésité.
- Très heureux d'être mignon pour toi et ta copine et encore plus que tu as quitté ton mec. Moi aussi je t'ai trouvé mignonne derrière ta caisse et tu m'as époustouflé le samedi soir, ce fut une formidable soirée. Après t'avoir quittée à ta porte sous la pluie je suis rentré chez moi en dansant et en chantant. J'étais fou de joie à l'idée de te revoir.
- Comme dans le film ?
- Oui ! Oui !

Et on éclata de rire tous les deux.

Le lendemain matin dans ma cuisine, installé dans le fauteuil près de la fenêtre, buvant un thé, je m'interrogeai sur notre relation entre Eve et moi. Notre rencontre était due à des circonstances que je n'aurais jamais imaginées. Ma décision de revenir à Brighton, l'emploi trouvé par ma propriétaire qui me louait le même appartement que l'été passé. Eve à la caisse qui acceptait mon invitation, suite à une inspiration soudaine de ma part, lui donnant peut-être l'opportunité de quitter son copain qu'elle n'appréciait plus. Notre entente au rock dès les premiers pas de danse, notre superbe soirée, notre retour style « Dansons sous la pluie », notre évasion hors du temps au Pop Inn, notre folle nuit ensemble, tous ces moments me semblaient une suite programmée. Nous étions faits pour nous rencontrer, nous devions nous rencontrer. Et puis la raison me commanda de ne pas m'emballer, j'avais trop d'imagination. Pour Eve je n'étais sans doute qu'un frenchie sympa avec qui elle passait de bons moments. Il fallait profiter de ces « bons moments », dont on se souviendrait plus tard, comme le chantait Charles Aznavour.

Le mercredi soir pour une sortie ciné, Eve avait choisi le film, « Seule dans la nuit » avec Audrey Hepburn. Rendez-vous habituel devant Tesco. Il pleuvait, normal, j'avais sorti l'imper et couru jusque sous le petit porche. Eve apparue en ciré plastifié jaune de forme trapèze du plus joli effet avec ses bottes. Elle ouvrit son parapluie bicolore jaune et blanc qu'elle me donna pour nous abriter, rapide baiser sur les lèvres et nous partîmes pour dix minutes de marche vers le bord de mer pour rejoindre l'ABC, grand et beau cinéma de style Art Déco dans East Street. Jour de semaine, peu de monde, Eve m'emmena au milieu d'une rangée à l'arrière de la salle mais pas trop près des portes. Elle sortit de son sac deux barres de biscuit chocolaté KitKat et m'en offrit une. Petits souvenirs pour moi, j'avais visité l'usine de fabrication à York lors d'un séjour chez un correspondant anglais en 64 et failli mourir à Londres l'été 66, en raison d'une faute de conduite de ma copine Fiona, liée aux gestes semblables qu'Eve venait de faire pour m'offrir un KitKat. Le film, un huis clos dans un appartement new-yorkais en entresol, met en scène des trafiquants de drogue à la recherche d'une poupée remplie d'héroïne. La locataire Audrey Hepburn, aveugle, seule, ignore la raison de la présence des inconnus qui la harcèlent pour retrouver une poupée qu'elle ne connaît pas. Profitant de sa cécité et de sa connaissance des lieux, elle plonge l'appartement dans le noir pour en réchapper. Film de suspense sans trop de dialogues je pouvais suivre facilement. La monotonie de la première partie m'engagea à tenter de flirter un peu mais je compris immédiatement qu'Eve n'était pas dans la même optique. Le final dans la nuit apportait un peu de tension et ma voisine me serrait fortement la main lors des passages intenses. A la sortie Eve me demanda mon avis sur le film. J'étais embarrassé, je ne pouvais lui dire que je l'avais trouvé ennuyeux et que la fin était prévisible. Comme « la vérité n'est pas toujours bonne à dire » selon maman, adepte des proverbes, je louvoyais en lui répondant que j'avais aimé le suspense final. En réalité c'était sa main serrant fort la mienne que j'avais apprécié. Sur le chemin du retour je demandai à Eve :

- Si tu veux on peut faire un tour au pub pour manger quelque-chose, ou tu peux venir chez moi, j'ai fait des courses chez l'excellent Tesco...

Avec un grand sourire elle me répondit :

- Le pub est tentant mais je suis curieuse de voir ou tu habites.

J'avais rangé, nettoyé, astiqué, mes deux pièces dans l'espoir de la venue d'Eve, j'étais tranquille de ce côté. Pour le repas était prévue une omelette fromage pommes-de-terre. Comme dessert les biscuits shortbread, sorte de sablé, avec de la marmelade d'orange me semblaient un peu juste. Peut-être mon whisky The Famous Grouse Island qui m'avait coûté une fortune au détaillant d'alcool ferait passer le repas. Eve buvait de la vodka, pourquoi-pas du whisky.

Dès l'entrée dans la pièce cuisine, salle à manger, salon, le tout pour quinze mètres carrés, je remarquai le regard observateur d'Eve. Elle posa son ciré sur une chaise et m'apparut vêtue de sa mini robe en lainage beige clair qui lui allait si bien. Prenant une pomme dans le saladier à fruits qui ne contenait que des pommes, elle se mit à la fenêtre pour regarder dans la rue. Je m'approchai d'elle, entourai sa taille de mes bras, elle se retourna me fit croquer un morceau de pomme, la fit tomber quand je l'embrassai, je l'entraînai sur le fauteuil à côté, elle s'assit sur moi les jambes pendantes au-dessus de l'accoudoir côté fenêtre, et tout en m'embrassant déboutonna le haut de ma chemise, puis dé-zippa la fermeture éclair en haut de son dos et retira sa robe par la tête. J'enlevai mon pull et ma chemise et le strip-tease continua pas à pas entrecoupé d'embrassades et de caresses. Et puis les couinements du fauteuil s'accentuèrent selon nos positions et notre emballement. J'eus parfois l'impression qu'il allait céder, mais ce fauteuil devait avoir de l'expérience, il résista brillamment.

Le souffle revenu, je quittai le fauteuil ou Eve s'installa après avoir remis sa robe. Rhabillé je lui proposai :

- Un thé ?
- Oui.
- Et omelette fromage pommes de terre ?
- Oui, parfait

Je préparai le thé, servis Eve sur la petite table près du fau-teuil. Puis je sortis les œufs et les battis au maximum dans un bol, sel, poivre, je les versai dans une grande poêle chaude, ajoutai le fromage et quelques petits morceaux de pommes de terre sautées déjà préparées. Limite baveuse je pliai l'omelette, la coupai en deux et déposai chaque part dans une assiette. Eve qui m'avait observé lança :

- Impressionnant !
- Merci, j'espère que ce sera bon.

Installé à la table en face l'un de l'autre, on commença tous deux par ajouter du ketchup puis à manger sans trop parler, la faim était là. L'omelette était volumineuse et avec les morceaux de pomme de terre, l'ensemble rassasiait. Mon expérience de manger pour pas cher. Eve me félicita :

- C'était bon !
- J'ai des shortbreads, tu en veux ?
- Oui
- Avec de la marmelade d'orange ?
- Non merci

La conversation commença, Eve me parla de l'ambiance à l'université, me conta quelques anecdotes. J'étais vigilant lorsqu'elle parlait d'un gars, la peur de la perdre. Elle commençait ses phrases en français, les terminait souvent en anglais. J'aimais l'écouter, son accent en français était adorable. Notre accent était aussi apprécié des jeunes habitantes de la perfide Albion, info d'une maman anglaise… Je proposai mon whisky, elle préféra rester au thé. Je m'en servis un et puis au fil de la conversation, elle changea d'avis, elle accepta aussi une Senior-Service et l'on se retrouva dans l'unique fauteuil, à fumer, boire et flirter un peu. Formidables moments de tendresse, on ne pouvait se séparer. Après un dernier long baiser, Eve se leva enfila son ciré pour rentrer chez elle. Je l'accompagnai jusqu'à sa porte d'entrée à quelques pas. Elle ouvrit avec sa clé, baiser furtif, elle referma. On s'était donné rendez-vous pour un ciné le mercredi suivant. Je repartis les mains dans les poches du blouson au col relevé, je ne marchais pas je planais

3

Le mois d'octobre et une partie de novembre je naviguais entre le restaurant, les sorties du mercredi avec Eve et nos soirées et nuits un samedi sur deux. Ma situation avait été régularisée, mon permis de séjour était valable jusqu'au 30 août 1968 et non pas jusqu'en juin. Utile pour moi pour faire la saison au restaurant, intéressant pour le boss qui assurait la période estivale avec au moins un plongeur rodé, si j'acceptais de rester, mais il se doutait que ça m'intéresserait. Lors de la finalité des documents dans les locaux de l'administration, je compris que Mary avait une accointance qui pouvait parfois faciliter l'avancement des dossiers. En les observant tous deux lors de leur conversation, je soupçonnais une relation de jeunesse au-delà d'une amitié entre Mary et le fonctionnaire.

J'avais aussi touché mon premier salaire totalement insuffisant pour ne pas piocher dans ma cagnotte. Pour les cours j'avançais bien, le fait de parler constamment anglais me donnait de l'assurance, les leçons m'apportaient une connaissance plus approfondie de la grammaire et un vocabulaire différent du quotidien.

Juste avant la dernière semaine de novembre, c'était mon tour de plonge au resto, lorsqu'à mon arrivée je saluai Mary elle m'interpella :

- Philippe, madame Collins sera absente quelques temps, voici l'adresse de sa mère où tu pourras payer ton loyer de décembre. Passe une bonne journée
- Merci

Je pris l'enveloppe, la rangeais dans mon blouson, me demandant pourquoi ma propriétaire ne pouvait attendre son retour pour encaisser mon loyer. J'imaginais ne pas être son seul locataire, la somme de l'ensemble des loyers devait être importante, je faisais partie du lot, elle avait trouvé cette solution. Malgré tout, je m'interrogeais si tous ses locataires allaient défiler chez la grand-mère.

A l'intérieur de l'enveloppe, un petit mot m'indiquant que je pouvais me rendre chez madame Murray, le mardi 28 novembre à partir de seize heures, pour payer mon loyer et avoir des informations sur un petit arrangement concernant ma location.

J'étais pour le moins dubitatif et impatient de connaître « le petit arrangement ». Heureusement le travail au restaurant ne me laissa pas le temps de ressasser. Le soir, les clients partis, Ellen vint me trouver à la plonge, je rangeais la dernière tournée du lave-vaisselle.

- Philippe, Brian te propose de passer les voir au garage si tu es toujours d'accord. La vérité est qu'ils ont essayé avec un guitariste qui voulait prendre l'ascendant sur le groupe. Considère que je ne t'ai rien dit. Les répètes c'est toujours le mardi.

- Ce mardi je ne peux pas, mais la semaine suivante c'est bon pour moi. Merci Ellen, et je comprends qu'ils aient testé un autre guitariste. N'aies crainte, je ne dirai rien. Encore merci Ellen.
- Tu vas réussir, bonsoir Philippe.

Je terminai le nettoyage de la plonge, saluai en passant Bien et Mary installés au bar, discutant sans doute du service du soir, m'allumai une cigarette dehors sur le pas de la porte et partis à travers les Lanes. Les deux nouvelles m'avaient perturbé, principalement celle concernant ma location, pour le groupe j'avais une grosse motivation.

Le mardi à quinze heures trente, temps menaçant, pluie à venir, sous l'imper j'avais préféré la veste tweed au blouson. Je souhaitais un côté chic pour me présenter. Je partis de Gardner Street par Church Street et Montpelier Terrace pour rejoindre Hove. Vingt minutes de marche, j'étais sur place.

Quand j'entrai dans la rue en pente vers la mer je fus impressionné par le chic des constructions. De chaque côté une suite de maisons identiques accolées les unes aux autres de couleur blanche ou crème très clair avec rez-de-chaussée sur entresol, deux étages dont le premier complété d'un balcon protégé d'un garde-corps en fer forgé. A chaque niveau, les bay-windows avec leur forme arrondie formaient un ensemble de vagues. Tous les deux creux des vagues, deux escaliers juxtaposés de sept, huit marches, séparés par une rampe également en fer forgé, desservaient deux magnifiques portes sous un porche à trois colonnes délimitant les deux entrées.

A seize heures pile, palier côté droit, j'appuyai sur le bouton de la sonnette du bas. Madame Murray habitait le rez-de chaussée.

La porte s'ouvrit sur une femme aux cheveux blancs avec une coupe courte dont le brushing lui donnait du volume. Ses yeux noisette, ses larges lunettes cerclées d'un entourage orange, son léger fard à joue, ses lèvres rehaussées d'un rouge vif, sa robe noire très sobre, me donnèrent l'envie de lui donner mon bras pour l'accompagner dans une promenade, ou peut-être aller déguster un gâteau dans un salon de thé.

Elle me fit entrer par le couloir dans son appartement, puis dans un salon aux murs blancs, éclairé par les grandes fenêtres de la bay-window en face de moi. Côté droit un grand canapé en tissu de velours beige, aux pieds et accoudoirs en bois vernis. Devant, une table basse, en bois vernis également, posée sur un grand tapis protégeant le sol parqueté. A gauche une bibliothèque couvrait l'ensemble du mur, en son centre une cheminée en pierre blanche séparait une table de salle à manger côté fenêtres, et un téléviseur côté couloir.

Madame Murray me proposa de m'asseoir sur le canapé alors qu'elle prenait place sur un fauteuil en face de moi.

- Voilà Philippe, ma fille Megan est partie en voyage et je souhaitais te rencontrer pour te parler du petit arrangement concernant ta location. Tous les ans ton logement est loué pour les fêtes de Noël et du Nouvel An. Ce sont des habitués mais Megan n'étant pas sûre de leur réservation cette année, elle ne t'en avait pas parlé. C'est chose faite aujourd'hui. Durant ces deux semaines tu pourras loger ici, l'appartement est petit mais bien agencé, le quartier est agréable et nous sommes à cinq minutes de la plage. A l'origine la maison était un seul ensemble, mais les enfants des propriétaires l'ont divisée en trois pour la location : l'entresol, mon rez-de-chaussée et deux étages qui forment un seul appartement. Viens, je vais te faire visiter.

Un peu surpris je suivi la charmante mamie. Sortis du salon nous reprîmes le couloir pour nous diriger vers le fond sur la droite.

- Voilà, première porte à droite la cuisine, ensuite la salle de bain, puis ma chambre et enfin deux portes, celle de droite donne sur un petit patio et celle en face sur la seconde chambre qui serait la tienne.

Elle ouvrit et me laissa entrer. C'était petit mais agréable. Le lit était collé contre le mur le plus long à gauche, au fond une petite table avec une chaise, à droite une fenêtre donnant sur le patio. Un pull fushia pendait sur une des deux portes ouvertes d'une mini armoire, à l'intérieur des fringues de fille.

- Ce sont les affaires de ma petite fille Shaneen, elle est avec moi le temps que sa mère est en voyage. Alors, qu'en penses-tu ?
- C'est très bien, je suis d'accord, tenez voici l'argent du loyer de décembre.

Mamie Murray prit l'enveloppe, l'ouvrit, compta et me rendit une partie de l'argent.

- Tiens Philippe, j'ai retiré le prix des deux semaines, c'est gratuit chez moi.
- Merci beaucoup Madame.
- Quand tu seras ici tu m'appelleras Cara.

Nous repartîmes tous deux, moi suivant Mamie Cara.

Le lendemain j'attendais Eve sur le trottoir, regardant les passants, quand la porte s'ouvrit, une main me happa par le cou me fit me retourner et d'adorables lèvres féminines se joignirent aux miennes. Pas de manteau, mini-robe à rayures bleu et blanches, style marine, Eve me proposa de monter à l'appart, pas envie d'aller au ciné et on mangerait ici. Surprise, une pièce vide qui pouvait servir de salon était équipée d'un vieux canapé, et d'une télé pas neuve, posée sur une table meuble tv à roulettes qui avait vécu. A l'écran en noir et blanc le sigle d'une chaine commerciale, ITV, concurrente des deux chaines d'Etat Britannique BBC1 et BBC2. Le sigle disparut au profit de Roger Moore, costume cravate, brushing laqué, qui après une très courte discussion avec une jolie fille se présenta comme Simon Templar. A cet instant une auréole se forma au-dessus de sa tête et le générique avec sa musique d'intro présentèrent un nouvel épisode de la série « Le Saint ».

Installés dans le canapé avec Eve à regarder le détective privé défendant la veuve et l'orphelin tout en jouant au gentleman cambrioleur, il faut bien vivre, j'avais l'impression que nous formions un vieux couple. Heureusement on ne vit jamais la fin. Eve et moi nous connaissant de mieux en mieux, nos moments de tendresse se transformèrent en épisodes d'ardeur et de fougues qui me laissèrent pantelant sur le canapé. Eve quitta la pièce avec culotte, collants, robe sous le bras pour la salle de bain. Je m'allongeais, la tête posée sur un bras du canapé me délectant de la situation.

Moment de récupération terminé, j'entendis Eve et la rejoignis dans la cuisine. De l'eau était à chauffer dans une grande casserole.

- Spaghettis sauce bolognaise, c'est bon pour toi ?
- C'est le top. C'est bien que tu aies récupéré une télé.
- Oui, c'est mon oncle, il est sympa. J'ai du vin Italien, un français peut en boire ?
- Avec les pâtes c'est parfait.
- C'est une bouteille de mon oncle, tu peux la déboucher ?

Tire-bouchon à la main, je le trouvais bien attentionné, l'oncle, avec sa jolie nièce. J'aurais bien aimé le rencontrer, voir à quoi il ressemblait le vieux beau.

Les assiettes de spaghettis étaient bien présentées, avec un petit monticule de haché sauce tomate sur le dessus des pâtes enroulées. Au sommet, le vert d'un brin de persil complétait l'ensemble aux couleurs de l'Italie.

Assis à la table en face l'un de l'autre on leva nos verres pour trinquer.

- Cheers !
- Cheers !
- Pas mal ton vin Italien, c'est super joli ta présentation.
- Merci,

J'avais tellement faim que je me ruai sur les pâtes comme un chien sur sa gamelle. En souriant, Eve me posa la question avec sans doute un sous-entendu.

- Tu n'as pas mangé aujourd'hui ?
- Oui mais c'est tellement bon que je me régale…J'ai des infos pour toi, pour nous…. Les deux dernières semaines de décembre je vais déménager pour habiter à Hove chez la mère de ma propriétaire, mon logement est loué à des vacanciers. Autre chose, je vais intégrer un petit groupe de rock, j'espère que ça va marcher.
- Bravo, tu joues de la guitare, tu chantes ?
- Juste de la guitare, je n'ai pas le droit de chanter…
- Tu ne me l'avais pas dit, pourquoi ? Tu as ta guitare ? Je ne l'ai pas vue chez toi.
- Elle est dans la chambre, je joue comme ça, c'est juste un passe-temps.

- Va la chercher que je t'écoute !

Les désirs d'Eve étant des ordres, je fis l'aller-retour en dix minutes. Eve s'installa dans le canapé, je pris une chaise, accordais la guitare, m'échauffais sur quelques accords blues et lui fis le show avec les trois titres de mon audition plus « La poupée qui fait non » que je me permettais de fredonner. J'étais tranquille, cool, le Chianti peut-être, je fus bon. Eve s'élança du canapé pour m'embrasser, me dit mi-figue, mi-raisin :

- Je suis ta première groupie et la seule et unique.
- Tu le seras toujours et on n'est pas près d'en avoir.
- Avec les groupes de Rock je me méfie des petites connes qui gravitent autour.
- Pour l'instant on a une grand-mère qui prépare des sandwiches et la sœur du chanteur d'environ trente ans.
- Ça peut changer… j'ai bien aimé la dernière chanson, je ne connaissais pas.
- C'est un tube français de l'année dernière.
- Un verre de vin ? Après je dois bosser mes cours, je suis en retard.
- Oui, moi aussi, on fait quoi samedi ? Top Rank ? Ça fait longtemps.
- Oui, avec l'Apple-Tree, ce sera sympa

Le mardi suivant à dix-sept heures je me présentais à la maison de la grand-mère d'Ellen qui m'accueillit avec un grand sourire et m'ouvrit la porte au fond du couloir pour rejoindre la cour intérieure commune. La porte du garage des répétitions était entrouverte, j'entrais. Mes trois possibles futurs partenaires discutaient bières à la main.

- Tu veux une bière ? demanda Brian
- Oui merci
- Bon Philippe, voilà, on voulait savoir si tu étais toujours d'accord pour jouer avec nous. C'est vrai que l'on avait choisi un autre gars, il était plus expérimenté que toi et habitait ici. Le fait est que cela a dégénéré rapidement. De ton côté tu es venu te perfectionner en anglais et tu repartiras en France. On joue pour s'amuser mais on aimerait bien aussi progresser et peut-être faire quelques animations, dans des pubs par exemple. Qu'en penses-tu ?
- Une licence d'anglais c'est trois ans d'étude. Honnêtement j'espère rester deux ans au minimum. Pour l'instant j'ai un permis jusqu'en août. Ensuite je peux enchaîner sur une deuxième année scolaire et une troisième si j'en ai l'autorisation.
- D'ici là on sera dans le Top-Ten, et on enregistrera chez STAX à Menphis lança Fabian.
- Qu'en pense-tu Eric ? demanda Brian
- C'est tout bon….
- Ok pour tout le monde, bienvenu Philippe.
- Merci les gars

Je récupérai la Gretsch 6120 de Brian me positionnais à ma place, réglage des amplis, un peu d'échauffement et l'on reprit « Boom Boom » que j'avais joué la première fois. Ce n'était pas très bon au début mais après quelques mises au point entre nous et plusieurs essais le rendu était correct.

Comme je connaissais bien « Paint It Black », Brian attaqua l'intro, Éric enchaîna et assez rapidement je me mis au diapason après quelques remarques et conseils.

Pause sandwich bienvenue pour se reprendre, on s'installa autour de la table. Petit aller-retour à la cuisine de Brian qui rapporta les en-cas.

Profitant de la pause détente mes trois congénères se présentèrent un peu plus, la discussion s'enclencha sur le job de chacun.

Eric, était comptable dans une grosse boîte de transport, si je voulais trafiquer des comptes, j'étais sûr de me retrouver en taule selon Fabian. Lui-même était mécano auto, si ma chaîne de vélo sautait, pas sûr qu'il sache la remettre selon Éric. Brian était électricien, chaque fois qu'il bossait sur un transformateur électrique, panne générale dans toute la ville selon Éric et Fabian.

J'appris aussi qu'ils habitaient Hove tous les trois, avaient fréquenté le même collège, s'étaient retrouvés par hasard à la buvette d'un match de foot de Brighton, avaient parlé musique en buvant leur bière et décidé de former un groupe.

Ils s'habillaient style « mods », le temps des rockers était passé.

Eric de taille moyenne, mince, fin de visage, cheveux noirs mi-long, yeux marron foncé, était habillé d'une chemise crème avec un pull col V noir sur un pantalon anthracite.

Fabian, grand, athlétique, cheveux châtains sur les épaules, les yeux marron, portait un col roulé gris sur un pantalon velours beige larges côtes. Son gabarit s'adaptait bien au rôle de bassiste. Les basses sont plus lourdes que les autres guitares, et les cordes sont plus espacées. Le physique de Fabian avec ses grandes mains l'avantageait.

Quant à Brian, assez grand, élancé, cheveux blond foncé yeux bleus, il était vêtu d'une chemise à larges carreaux bleus et blancs avec un gilet sans manche noir, imitation cuir, sur un pantalon bleu marine. Lors de mon audition il portait un pantalon à carreaux gris foncé lignes blanches du plus bel effet. Le vrai british.

Notre point commun à tous les quatre étaient des boots noires, chaussures emblématiques lancées par les Beatles.

Avant de reprendre, Brian proposa de se faire un programme de répètes.

- Bon les gars ce serait bien que l'on se fixe une liste d'une douzaine de titres pour débuter. Il nous en manque trois.
- J'aimerais bien « We gotta get out of this place » proposa Fabian, l'intro basse est sympa.
- « In the Midnight hour » de Wilson Pickett ça parait simple, ça balance tranquille, demanda Éric.
- Sans cuivre c'est impossible répondirent Brian et Fabian.

- « Crossroads » c'est du bon blues, on le joue bien rythmé
- Oui c'est bon
- Et toi Philippe ?
- Pourquoi pas « Roll over Beethoven » de Chuck Berry, les Beatles l'on joué, les Rolling Stones aussi, pourquoi pas nous ?
- Humour Philippe ?
- Oui, mais c'est sympa comme titre ça bouge bien à n'importe quel tempo. On choisit celui qui nous va bien, ça marche toujours.
- On est tous d'accord pour les trois titres ?
- Yeaah…
- Autre chose, on va devoir déménager. Ici c'est compliqué, les voisins sont sympas mais on ne peut pas jouer tardivement. Il fait froid, chauffer c'est difficile, ma grand-mère n'est pas riche, bientôt on ne pourra plus s'entraîner. Alors voilà, mon frère retape un petit cottage à quinze minutes d'ici. On peut s'installer dans une pièce non refaite. Si c'est bon pour vous on déménage la semaine prochaine, mon frère nous prête son fourgon. Il est plombier, je devrai l'aider pour l'éléc du cottage. Après je peux vous emmener avec la voiture de ma grand-mère.

D'accord fût la réponse des trois gars et l'on se remit en place. Fabian s'installa sur son tabouret de bar, cala bien sa basse et commença les premières notes de « we gotta get out of this place », gros succès du groupe The Animals, et l'un des titres préférés des G.I. américains lors de la guerre du Vietnam.

✳

Le mardi suivant en début d'après-midi, les quatre gars chargeaient consciencieusement le matos dans le Van Bedford CA bleu du frère de Brian, Peter le plombier, qui souhaitait être là pour conduire, et nous donner les recommandations lors de notre installation au cottage. Au moment du départ, Ellen monta à l'avant à côté du grand frère avec un panier de sandwiches, préparés comme d'habitude par la grand-mère, toute contente de choyer ses petits-enfants. Les musiciens s'étaient installés à l'arrière comme ils pouvaient. Éric calé sur son siège de batteur dans un angle aux portes arrière du fourgon était le mieux loti. Les trois autres assis sur la tôle du plancher, adossés aux parois, profitaient avec joie des secousses du camion. On quitta rapidement Hove pour prendre une petite route de campagne. Après une bonne vingtaine de minutes et quelques virages sur la fin, le Bedford s'immobilisa. Peter ouvrit les portes arrière, à notre descente apparut un magnifique endroit. Nous étions devant une superbe petite maison d'un étage, aux murs en cailloux de silex et briques rouges avec un toit en ardoises. De chaque côté, des avancées prolongeaient l'habitation. Au fond du jardin une haie haute délimitait le terrain de la campagne environnante. Tout sourire, Peter nous regardait apprécier cet environnement apaisant. On s'y sentait bien, loin de la ville pourtant toute proche. Il nous demanda :

- Qu'en pensez-vous ?
- On ne risque pas de réveiller les voisins, répondit son frère.
- C'est vrai les premiers sont à trois-cents mètres, mais si vous jouez dehors un peu fort ils vous entendront et pas sûr qu'ils apprécient ce que vous jouez.
- C'est l'hiver ça n'arrivera pas.
- Suivez-moi je vais vous montrer votre salle de répètes.

On entra dans la maison, en plein travaux, mais les deux rajouts de chaque côté étaient restés comme à l'origine, deux grandes pièces qui avaient pu autrefois servir d'annexes.

Celle près du portail était dédiée au matériel de chantier, la seconde de l'autre côté, au fond, nous était dévolue. On s'y installa dans la même disposition que celle du garage.

Ellen sortit les sandwiches de pain de mie du panier, aujourd'hui c'était jambon avec une sauce à base de fromage blanc sur un lit de fines rondelles de concombre. Je souris en croquant dedans, j'aimais bien cette grand-mère british, d'un tout autre style que mamie Cara, mais tout autant attachante.

Peter distribua les bières et nous demanda :

- Vous avez un nom pour votre groupe ?
- Aucune idée, on n'est pas vraiment un groupe, répondit Brian.
- Trouvez-en un quand même, ce serait sympa, relança Ellen.

- Pas de nom pour l'instant.
- Si on n'a pas de nom on pourrait s'appeler « No Name », proposa Éric.
- Ou « NN », compléta Fabian.
- Un peu court pour moi, rétorqua Brian.
- Tu préfères « Gary and the Pacemakers ».
- Au moins eux ils ont été numéro un.
- Ça sonne bien NN, et puis il parait que ça porte-bonheur les doubles initiales, comme BB, pour Brigitte Bardot.

A mes propos tous les regards masculins se tournèrent vers moi, la seule évocation de BB avait fait grimper leur taux de testostérone. Après un court silence, Éric enthousiaste commenta :

- NN comme BB, à chaque fois on pensera à elle, et puis on pourrait faire un beau logo sur la grosse caisse, les deux N c'est joli, on peut les travailler, les agrémenter.
- Tu pourrais mettre sa photo en arrière-plan, tu serais sans doute meilleur, railla Ellen.
- Oui tu as raison, celle où elle chevauche une Harley-Davidson.
- Et on pourrait jouer « Brigitte Bardot Bardot », c'est une chanson française, on peut en faire un arrangement.
- Humour Philippe ? Demanda Brian
- Oui, mais ce serait marrant, elle existe vraiment cette chanson.

- Donc, sur une idée d'Éric avec la complicité et le soutien de Brigitte Bardot, pourquoi pas NN.
- C'est très bon, elle sera toujours dans notre imagination, lorsque l'on verra ces deux lettres sur des affiches de concert, commenta Peter.
- Vous êtes pitoyables, termina Ellen

Pause terminée, on s'installa pour régler la sono. On partit sur « She's Not There » pour le plaisir d'Ellen.

Le mardi suivant, Brian nous emmena dans une toute belle Austin A55 Cambridge, de couleur noire avec l'intérieur rouge. C'était la voiture de son grand-père décédé quelques années auparavant. Sa grand-mère ne savait pas conduire mais la gardait pour la prêter à la famille. L'auto d'une dizaine d'années avait peu roulé. Patrimoine familial elle était choyée. Comme sur une scène, le bassiste et le batteur étaient installés à l'arrière, les guitaristes à l'avant, avec Brian le leader au volant. Les trois gars parlaient filles quand Brian s'adressa à moi :

- Philippe, un nouveau va venir faire un essai. Éric va t'expliquer.
- Oui, voilà, au boulot je parlais un peu du groupe et de notre nouveau local. La secrétaire du patron, ne posez pas la question « comment elle est ? », elle pourrait être votre mère, donc, elle me demanda si l'on cherchait d'autres musiciens comme un trompet-

tiste par exemple et qui jouerait de l'orgue en plus. Etonnement questionnement de votre Éric, et pourquoi un gars qui joue de deux instruments se retrouve seul et que c'est sa maman qui lui cherche un groupe ? Réponse de la mama, ah, il joue aussi de l'harmonica, bref, son groupe s'est dissout et ses oreilles maternelles n'en peuvent plus de l'entendre s'entraîner. Si ça nous intéresse, elle lui dira que le charmant comptable recherche un trompettiste. Voilà tu sais tout.

- Ce serait bien un gars comme ça, on pourrait jouer du rythm and blues, avec l'orgue du peux faire des trucs sympas comme dans « Light my fire » des Doors et pour le blues l'harmonica c'est top.
- Je me méfie des mères, leur fils chéri sait tout faire et puis tu es déçu. Je l'ai prévenue que rien n'était sûr. On verra ça ce soir. Il arrivera un peu après nous, il vient en scooter, il m'a donné l'orgue.

Vingt minutes plus tard on garait l'auto sur le gravier de l'entrée du cottage, Éric récupéra la mallette de l'orgue dans le coffre, Fabian se chargea du support métallique chromé, Brian et moi des bières et des sandwiches. Depuis notre déménagement, nous n'étions plus les mêmes, le fait d'avoir un endroit bien à nous nous rendait euphoriques, on allait bien répéter, être sérieux, on se devait d'être bons, on le serait. C'est plein d'enthousiasme que l'on reprit les morceaux en cours. Le fait est que l'on avait eu du mal à se régler, que Brian avait pété une corde, qu'Éric pas chaud n'était pas au point, que moi malgré mes entraînements dans ma chambre, je peinais. Seul Fabian tranquille, sobre, assurait. Lui qui écoutait plus qu'il ne parlait nous fit remarquer, que si l'on continuait à ce rythme-là, notre matériel retournerait vite fait à la boutique d'instruments d'occasion d'où on l'avait sorti. Heureusement, était apparu à la porte le prétendant pour une place dans le fameux groupe NN. On s'est regardés, espérant qu'il ne nous avait pas entendu et encore moins écouté. Comme on était tous assis, Éric scotché à sa place, les trois autres installés sur des chaises ont déposé les guitares, se sont levés, pour saluer l'arrivant. « Hello, Hello, Hello » Éric au fond a levé une baguette « Hello » aussi. Installé derrière sa batterie seules la faim et la soif pouvaient le faire se déplacer, surtout la soif.

Le nouveau venu, mallette noire à la main, portait une parka kaki. La parka retirée il était tout marron ou presque. Ses cheveux mi-long, ses yeux, son pantalon velours, les lignes de sa veste beige à larges carreaux. Une chemise crème, col fermé sans cravate complétait l'ensemble. On pouvait ne pas aimer, mais c'était un vrai « Mods ».

- Hello, voilà, je m'appelle Harry, j'ai rencontré Éric, vous cherchez un trompettiste et un organiste et je joue des deux. Je faisais partie d'un groupe, mais lorsque on s'est trouvé un public de Pub, certaines têtes se sont enflées et tout s'est arrêté. Éric m'a dit que vous étiez blues, rythm and blues, ça me va très bien. A l'occasion je peux jouer de l'harmonica.
- Par hasard tu ne chantes pas en plus ? demanda Brian

- Non pas du tout mais j'ai mon voisin qui chante très bien.
- C'était celui de ton groupe ?
- Ah non, lui il se prenait pour Jim Morrison, et tout ce qui va avec, alcool, drogue. Mon voisin, il chante dans une chorale avec toute sa famille, père, mère et ses deux sœurs. Il voudrait sortir de là.
- Elles sont mignonnes ses sœurs ? Elles pourraient faire les chœurs et enflammer nos cœurs lança Éric.
- Humour Éric, on a aussi humour Philippe, ils font la paire, c'est très haut dans le bas niveau, précisa Brian.
- Petit roulement de batterie, coup de cymbale. Réponse d'Éric.
- Faut s'habituer, installe-toi, prends ton temps, tu veux une bière ? reprit Brian.
- Non merci, je branche l'orgue et je vous propose deux, trois trucs.

Mon paquet de Senior-Service était sur un baffle, tout le monde s'est servi. Une bière à la main, on était prêts pour écouter le génie de sa maman.

Il commença par l'orgue, un Vox Continental, en jouant « Love me two times » des Doors, avec un solo qui nous impressionna. Ensuite, il sortit de sa poche un petit harmonica, attaqua par un air de western, puis « Help Me », un vieux blues repris par Canned Heat. C'était excellent. Enfin, il ouvrit sa mallette, sortit la trompette comme un objet précieux en nous précisant que c'était une Getzen. Bien sûr aucun de nous ne connaissait, mais s'il l'avait mentionné, ce devait être l'équivalent d'une guitare Gibson, totalement en dehors de notre budget. Il s'échauffa un peu et débuta par « Dead and Street », continua par « When the saints go marching in ». Ensuite avec un grand sourire il annonça « Spanish Flea » d'Herp Albert. Dès les premières notes, on s'est regardés, on s'est levés, on a dansé, Brian a pris mon coude dans le sien pour tourner, Eric et Fabian ont fait de même, à la fin on a acclamé Harry. Tout souriant il nous a demandé :

- Ça vous a plus ?
- Je ne suis pas sûr que tu puisses jouer avec nous, commença Brian, tu es trop bon, à la trompette tu déchires.
- J'ai pris des cours pendant plusieurs années. Peut-être que nous n'avons pas le même niveau, j'ai plus d'expérience. Mais si vous êtes d'accord, c'est bon pour moi, je ne serai pas seul à jouer chez moi ou avec des connards qui s'imaginent avoir le talent qu'ils n'ont pas.
- Tu veux une bière ?
- Oui, merci.

Reprise, il fallait choisir un titre sur lequel Harry pourrait se faire plaisir. « Mustang Sally » était le bon titre. Se mettre au diapason de Harry n'était pas si facile, à la fin de la séance on commençait à sortir quelque chose de propre. On était tous contents, avec Harry le groupe changerait de dimension. Avec ses conseils on progresserait vite. Tout autant fallait-il que Brian n'en prenne pas ombrage et que Harry lui laisse la place ou l'illusion d'être le leader. Je ne sais pourquoi, j'étais confiant.

Mercredi, le jour magique. Dès le matin, je pensais à ma soirée avec Eve. Sortie ciné ou pub, ou pas de sortie, j'attendais avec impatience ces quelques heures passées avec elle, en particulier lorsque le week-end suivant je bossais au resto et qu'elle était à Hasting. Ce soir de décembre, le temps était froid et humide, avant le ciné on était allé boire une demie-pinte de cidre à l'Apple-Tree. En arrivant Eve retira son manteau beige qu'elle déposa sur la banquette. Elle apparut avec un col roulé moulant de couleur marron foncé, rentré dans un pantalon velours fines côtes marron clair avec une ceinture en cuir à boucle métal. Elle prit son temps pour s'asseoir, le bar était petit, tous les mecs qui la voyaient devaient être en arrêt, qui le verre levé sans le boire, qui n'écoutant pas les paroles de leur petite amie, qui avait du mal à déglutir son cidre. Moi j'étais scotché et pas peu fier de sortir avec une fille comme elle. Elle savait qu'elle affolait les compteurs, je savais que je devais être bon. Une de mes meilleures cartes était qu'elle appréciait mon humour, il ne se passait pas une soirée sans qu'elle rît franchement. Ces moments de complicité nous rapprochaient, nous unissaient. Eve se désolait un peu de retourner chez elle.

- Je n'ai pas envie de retourner à Hasting cette semaine. A chaque fois les mêmes questions sur comment ça se passe à l'Université, au magasin est-ce que tout va bien, as-tu le temps de faire tes devoirs, en plus ma mère qui cherche toujours à savoir si j'ai un petit copain à Brighton, pourquoi as-tu quitté William, il était bien ce garçon. Et la cerise sur le gâteau, un repas familial est prévu avec ma tante, sa jeune sœur. Elle a deux enfants, est mariée avec un con qui me drague avec ses gros sabots, costaud mais rien dans le cerveau. Je ne sais pas ce qu'elle lui trouve, elle doit être elle aussi un peu conne.

- Tu ne peux pas t'éclipser, des cours à étudier, aller voir une copine ?
- Je connais la réponse, « tu viens deux jours une semaine sur deux et on ne te voit pas ». Pour les copines, je suis sortie avec elles quelques fois le samedi soir, mais elles ont leur copain ou elles vont draguer, je suis le boulet et je m'ennuie. Parfois le dimanche après-midi, quand l'une d'entre-elles est seule on va prendre un pot, on fait un tour à la plage, c'est le seul moment sympa.
- Elles savent que tu sors avec moi à Brighton ?
- Oui, bien sûr, elles l'avaient deviné, comme ma mère d'ailleurs, mais à elle je ne lui dirai rien, sinon ça va être comment est-il ? Que fait-il ? Le truc habituel, moins elle en sait mieux c'est.
- Et ton père ?
- Lui aussi il a compris, mais il est plus discret, il me laisse tranquille. Je reprendrai bien un peu de cidre.

On a repris un peu de cidre et comme sa teneur en alcool n'était pas négligeable, on était chauds pour aller au ciné.

Sur le grand écran, Faye Dunaway et Warren Beatty, jouaient les deux gangsters et amants Bonnie and Clyde, ils augmentèrent notablement notre libido. Un peu avant la fin du film, je posai ma main sur la jambe d'Eve, remontai jusqu'en haut de sa cuisse, elle s'était détendue, légèrement avachie, m'avait laissé faire, puis avait retiré délicatement ma main. Après un retour rapide d'une dizaine de minutes à son appart, dès la porte fermée, Eve le dos collé au mur du couloir déboucla ma ceinture le temps que je remontai son pull, dégrafai son soutien-gorge pour profiter de ses seins qui avaient nargué les mecs de l'Apple-Tree. Puis, aussi rapide l'un que l'autre, les pantalons tombèrent et dans un emballement fougueux d'étreintes le long d'un mur ou de l'autre selon les instincts de chacun, les corps fusionnèrent avec passion. La griserie, la fièvre, l'exaltation retombées, on glissa tous deux le long du mur pour se retrouver tout dépenaillés assis sur le sol. Eve prit ma main, c'était sublime. Après quelques minutes, elle tourna la tête vers moi :

- J'ai faim.
- Si tu as des œufs, je te fais omelette, œufs brouillés, ou au plat ou durs, au choix.
- Comme tu veux, regarde dans le frigo.

Je me levai péniblement, me rajustai et allai visiter la cuisine.

Au frigo, je pris quatre œufs à coquille blanche, du beurre, battis les œufs dans un bol, fit fondre le beurre dans une poêle, y versai les œufs et les battis à nouveau en levant ou remettant la poêle sur le feu pour conserver la température adéquate, sel, poivre, je bats toujours, c'est bon, je dépose les œufs brouillés sur deux assiettes. Le thé est infusé, merci Eve, je toaste le pain de mie, c'est trop bon.

Après quelques bouchées sans parler, Eve en veine de confidences me décrivit son ressenti lorsqu'elle était à Brighton.

- Je ne sais pas pour toi, mais je me sens libre ici. Je ne connais personne en dehors de mon oncle de Tesco, de sa femme et de leurs deux petites filles. Je mange juste chez eux, un soir de temps en temps et c'est d'ailleurs très sympa. Ils ne surveillent pas mes allées-venues, je ne risque pas de les rencontrer le samedi soir quand on sort ensemble, j'ai l'impression d'être en vacances.

- A Hasting, tu manques de liberté ?

- Non, mais je suis obligée de rentrer, ici je dors où je veux. Je ne vais pas rencontrer une de mes cousines débiles qui va raconter à son entourage : « j'ai vu Eve avec un français s'éclater au Pop-Inn. Ils avaient l'air bien allumés tous les deux, surtout elle ». En fait, ici je me lâche un peu, à Hasting ce n'est pas le cas. Là-bas, on se connait trop, parfois c'est pénible. Et toi, c'est la même chose ?

- Au Havre, c'est vrai que je dors toujours chez moi, mais quand je sors, je ne risque pas de rencontrer qui que ce soit de ma famille. Il y a des discothèques sympas, ça se passe bien. Ici l'atmosphère est différente, c'est plus cool, et puis tu es là, c'est le bonheur.

Eve se leva, tendre baiser en passant pour prendre deux verres à pied dans un placard, et une bouteille de vin Italien qu'elle me tendit pour la déboucher. On s'installa sur le canapé, à parler, à philosopher, sur notre entourage, nos différences entre l'Angleterre et la France pour notre génération, la musique, la mode, le sexe, avec la pilule utilisée depuis quelques temps en Grande-Bretagne, alors qu'elle commençait seulement à s'émanciper en France. De verre en verre, la causerie a continué au coin du feu, un radiateur électrique à effet flamme, on a terminé la bouteille.

La fatigue et le vin aidant, pour ne pas être retrouvés endormis sur le canapé par l'oncle préféré d'Eve, j'ai embrassé ma chérie, lavé les deux verres, récupéré la bouteille vide pour éviter toute question du propriétaire, et suis parti rejoindre mes pénates.

Le lendemain après-midi, retour au restaurant. Je retrouvais mes confrères, bonjour madame Flynn en passant devant son bureau. J'étais en pleine forme, Eve me transcendait. Dans la cuisine, bien équipé de mon tablier plastifié jusqu'en dessous des genoux, je lavais les légumes, au rythme de la musique jazzy qui sortait des petits haut-parleurs accrochés au mur. Puis, comme d'habitude dans mon espace, je commençais la plonge par les casseroles et autres louches et écumoires. Je ne vis pas le temps passer, l'heure tant attendue du repas me surprit. Je m'installai à ma place entre Ellen et Olivier qui avait sorti du four un plat de grosses saucisses intégrées dans une sorte de pâte de pudding. Je pris une part avec saucisse comme tout un chacun, l'arrosai de la sauce à l'oignon et me régalai de la préparation. Simple, british, mais bon. Tout à mon repas et à mes pensées, j'étais distrait sur les conversations, quand madame Flynn remarqua avec un large sourire : « Philippe est amoureux ».

Tous les regards se tournèrent vers moi. Je relevai la tête et répondis :

- C'est vrai !

Et l'interrogatoire commença :

- Comment est-elle ? Comment s'appelle-t-elle ?
- Elle s'appelle Eve et elle est à tomber.

Ouah général, deux trois sifflets des garçons, on veut tout savoir.

- Je vous ai tout dit, vous ne saurez rien de plus, c'est terminé.

Désapprobation générale, grands sourires des Flynn. Moi aussi je souriais, j'étais bien dans ce resto.

A la fin du service, au moment de partir, Bien m'interpella :

- Philippe, pour les fêtes de fin d'année on ferme à Noël, j'ai besoin de toi et d'Alan pour le Nouvel-An. Vous ferez la plonge et aiderez en cuisine. Tu souhaites sans doute retourner en France pour voir ta famille, ce ne pourra être que pour Noël et tu devras être de retour le vingt-sept.
- C'est d'accord, je partirai une semaine.
- Sinon, ton travail te convient ? Ça se passe bien avec tes collègues ?
- Monsieur Flynn, j'aime bien travailler ici, c'est une très bonne ambiance, la pause du repas est très

agréable, Oliver nous fait de bons petits plats, travailler en alternance me convient très bien, je peux sortir un week-end sur deux, mais j'ai un souci financier. J'aurais besoin d'un petit job de complément en dehors du resto et du week-end.

- N'importe quel job ? Ce serait au noir, officiellement tu travailles ici.
- Oui
- Je vais essayer de te trouver quelque chose.
- Merci monsieur Flynn.

Je sortis du resto, m'allumais une Senior-Service, remontais tranquillement les Lanes. Bientôt trois mois que j'étais là, le resto, le groupe et puis Eve, j'étais un sacré veinard, jamais je n'aurais imaginé pareille chance. De retour chez moi, installé dans le fauteuil, nouvelle clope au bec, j'ai mis radio Caroline, l'intro de « Heart of Soul » des Yardbirds à raisonné dans la pièce. Bien Jeff Beck à la guitare, bien le chanteur Keith Relf, en fait un super groupe. Les Animals ont enchaîné avec « Bring it on home to me », cool, j'essayai les ronds de fumée.

∗

Mardi, fin d'après-midi, dans l'Austin A55 sur la route du cottage, j'appris que le voisin d'Harry, le chanteur de chorale, serait de la partie. Ça bougeait vite et fort dans le groupe. A l'arrivée, deux gars en parka kaki nous attendaient à côté d'un scooter bleu et blanc aux couleurs de Brighton.

Deux porte-bagages chromés ornaient le Vespa, sur celui de devant, une mallette enroulée dans du plastique protégeant la trompette d'Harry, sur celui à l'arrière une roue de secours. Le nouveau venu s'appelait Josh. A l'intérieur lorsqu'il retira sa parka, on put se rendre compte qu'il était aux antipodes de l'élégance du beau Brummel, le dandy anglais du dix-neuvième siècle. Assez grand, cheveux mi-long brun foncé, il portait sous une veste trop longue, d'un bleu pâle supposé, un affreux pull orangé ras de cou, peut-être fait main, sur un pantalon gris bleu mal coupé et un peu grand. Je l'imaginai mal sur le devant de la scène affolant les filles.

On se mit en place, accord des guitares, réglage des amplis, petit échauffement de chacun, Brian fit en sorte que le chanteur ait son retour son. Josh s'échauffait la voix, et à capela pas très fort il fredonnait les paroles de Mustang Sally, avec un regard sur un papier de temps en temps. Chacun dans son coin s'arrêta de jouer pour l'écouter. Brian lui proposa d'utiliser le micro. Un peu intimidé, il testa un peu le retour son puis se lança. Il chantait super bien, d'une voix qui accroche, sensuelle, un peu crooner comme Paul Anka avec ses succès des années 50, « Diana » et « You are my destiny ». Au fur et à mesure, il se prenait au jeu, commençait à bouger, à la fin il était au point, tout le monde l'applaudit. Il pourrait chanter n'importe quoi, il avait un don et la chorale avait fait le reste. C'était parti pour la « soul music ». Sous la houlette de Brian, on se mit au point avec le chanteur et à la pause on savait que ce morceau serait un de nos principaux titres.

Avec Josh et Harry le niveau s'envolait, mes confrères suivraient sans problème, pour moi c'était une grande marche supplémentaire. Je m'en sortais assez bien mais j'étais maxi.

En mangeant nos sandwiches, en buvant nos bières, Harry fit la remarque :

- Une trompette n'est pas suffisante mais on peut arranger le coup. Pour les morceaux sans cuivre, je peux jouer de l'orgue, mais pour la soul je ne peux quitter ma trompette On peut jouer de l'orgue comme un cuivre, c'est un bon complément. J'ai pensé que dans ce cas, Philippe pourrait me remplacer, ce sont des accords simples, il n'y a pas de solo. Qu'est-ce que vous en pensez ?
- C'est une bonne idée, fut ma réponse. Je savais qu'avec cette organisation je resterai dans le groupe, les deux guitares n'étaient pas obligatoires dans la soul, l'orgue apportait un plus, je m'adapterais sans problème.
- Si Philippe est d'accord c'est bon pour moi aussi, commenta Brian, c'est vraiment une bonne idée. Arrangez-vous tous les deux pour mettre ça au point.
- Philippe, si tu peux venir chez moi, je te montrerai les accords.
- Ça marche
- On reprend avec « We gotta get out of this place », Josh je te donne les paroles, nous on joue comme on l'a appris, je chante et quand tu te sens prêt, je te laisse la place et c'est parti.

Harry se mit à l'orgue, et Fabian lança l'intro de basse. On avait déjà répété le titre sans être au point, mais ce jour-là après quelques rectifs, on tenait la route. Josh nous écoutait, chantait doucement les paroles en même temps que Brian. Quand de notre côté ce fut correct il se proposa pour remplacer Brian. Dès qu'il entonna, on avait changé de dimension, ce n'était pas Eric Burdon, mais c'était très bon, Brian l'épaula pour le chœur et ça sonnait bien, derniers accords, stop ensemble. On s'est regardés, les musiciens avaient tous le sourire, Josh releva la tête, interrogatif, on l'applaudit et lui aussi sourit.

Le samedi seize décembre, je déménageais de Gardner Street pour m'installer chez mamie Cara le temps des fêtes de fin d'année. Les bagages furent vite-fait, j'avais deux sacs de sport, un avec les fringues, l'autre pour les cours et les bouquins, plus la guitare. Ménage terminé le matin, je partis en début d'après-midi pour Hove. Après vingt longues minutes de marche avec mes paquets je sonnai chez madame Murray. Une jeune fille m'ouvrit, la pure ado anglaise qui se la joue Twiggy, la jeune mannequin en vogue de dix-huit ans, surnommée « la brindille », twig en anglais. Cheveux courts décolorés blonds, pull shetland bleu ciel, minijupe écossaise, ballerines noires, elle me regarda intensément de ses yeux noisette surlignés d'un trait d'eye-liner noire. Elle devait avoir quinze ans, attention danger, source d'ennuis, à éviter à tout prix.

- Bonjour, je suis Philippe, je viens pour la chambre.
- Bonjour, entre, ma grand-mère est dans le salon.

Je déposais mes affaires dans l'entrée, m'avançais dans la pièce où mamie Cara était installée dans son fauteuil près de la table basse.

- Assieds-toi Philippe, S'il te plaît Shannen apporte le thé, Philippe tu prendras bien une tasse ?
- Oui, bien sûr, merci beaucoup.

J'étais assis sur le canapé quand Shannen Twiggy déposa le plateau avec thé et biscuits et prit place dans l'autre fauteuil, les jambes croisées bien hautes en face de moi.

- Shannen a préparé ses bagages, sa mère va bientôt passer la prendre, tu pourras t'installer. Si tu manges là ce soir, tu peux te servir dans le frigo, fais comme chez toi. Tu auras tout le temps de faire des courses.
- Merci madame Murray, mais je sors ce soir.
- Philippe, je t'avais dit de m'appeler Cara, n'oublie pas. Je te donnerai les clés tout à l'heure, si un soir tu ne rentres pas, préviens-moi.
- Ce week-end je ne rentrerai que dimanche soir, assez tard.
- C'est bien, je préfère savoir pour ne pas m'inquiéter.

La conversation continua sur des banalités, sans que la petite fille chérie à sa grand-mère ne dise mot. Et puis l'on entendit la porte d'entrée s'ouvrir, l'instant suivant apparut Mrs Collins. Comme à chaque fois, je fus subjugué, et c'est le plus avenant possible que je répondis à son charmant « Hello Philippe ». Pressée, elle demanda à sa fille de récupérer ses affaires, et partit avec elle pour l'aider à porter les valises, en fait deux, dont l'une que Shannen tenait à deux mains. Je m'empressais de soulager ma propriétaire de son bagage, laissant sa fille faire un peu de muscul. Il fallut remonter la pente de la rue pour rejoindre une magnifique Morris 1100 vert foncé. La voiture paraissait neuve ou presque. Mrs Collins ouvrit le coffre où je déposai la valise. Shannen Twiggy arriva avec peine, elle avait fait un arrêt sur le court chemin. Sans un sourire, toujours trop gentil, je lui pris son bagage pour le ranger à côté de l'autre. Par la porte ouverte côté chauffeur, je remarquais en repartant, les sièges en simili cuir vert clair et la moquette au sol d'un vert un peu plus soutenu que la sellerie. C'était vraiment une belle voiture, assez spacieuse tout en restant modérée en dimension et la pertinente harmonisation des couleurs vertes la féminisait avec élégance.

De retour chez mamie Cara, en pleine lecture dans le salon, je récupérai mes affaires dans le couloir pour emménager dans la chambre du fond. J'ouvris la fenêtre pour me débarrasser de l'odeur d'un parfum un peu trop prononcé, à priori la seule trace restante du passage de ma devancière. L'heure était à la préparation du beau gosse pour rejoindre sa dulcinée. Je demandais la permission de prendre un bain à mamie Cara qui me répondit de faire comme chez moi et de ne plus la solliciter dorénavant pour quoi-que-ce-soit. Bons débuts avec mamie Cara. Sortie Top-Rank prévue, Eve avait envie de danser, je portais ma tenue chic avec veste quand je me présentai au salon. Mamie Cara cessa de lire, m'examina de la tête aux pieds et me donna les clés. Je devais avoir réussi le contrôle car elle me souhaita un bon week-end.

Avec mon déménagement à Hove, Eve et moi arrivant chacun de côtés opposés j'avais pensé proposer un rendez-vous à l'Apple-Tree. Juste à temps, appliquant les dictons rabâchés par maman comme : « il faut tourner sept fois sa langue dans sa bouche avant de parler » j'allai la chercher à sa porte comme d'habitude. En marchant, je me disais qu'il s'en était fallu de peu, qu'Eve était tout sauf un pote, qu'elle n'aurait pas apprécié, que je me serais grillé. Déjà, je n'avais pas de voiture ce qui limitait singulièrement les sorties. Habiter au centre de Brighton arrangeait bien les choses mais les balades en dehors étaient bannies, et courir sous la pluie, drôle une fois, serait lassant dans la durée. L'étudiante Eve comprenait sans doute ma situation, pourtant il suffisait d'un mec un peu friqué à l'université et c'en était fini du petit frenchie. Je me demandais d'ailleurs pourquoi ce n'était pas arrivé. Je me disais, attention Philippe ! Prudence extrême ! Alerte rouge ! La moindre erreur c'est mort ! Sois bon, très bon ! Déterminé, avec dix minutes d'avance, je patientais devant la porte de ma bellissime.

Avec dix minutes de retard Eve ouvrit la porte, apparut avec un grand sourire. Elle portait son manteau croisé beige, je supposai sa mini-robe en lainage beige clair dessous, bise rapide, ses bottes claquèrent sur le trottoir, nous partîmes pour un petit resto sur la jetée Palace Pier.

On s'offrit une bouteille de vin blanc avec notre Fish and chips.

Tchin-tchin au premier verre, musique d'ambiance agréable, on était bien. Je lui parlais de mon emménagement, on s'amusa de Shannen Twiggy, Eve me mit en garde à son propos, elle connaissait ce type de nana, peut-être des souvenirs de peu de temps en arrière. La conversation divergea sur le programme de chacun pour la fin de l'année. Eve m'interrogea :

- Tu rentres en France pour les fêtes ?
- Je pars mercredi prochain et rentre le vingt-sept. Le resto est fermé pour Noël, je travaille le jour du réveillon du nouvel-an.
- Moi, les cours sont terminés, heureusement je travaillais ce samedi au magasin sinon j'aurais dû rentrer, je pars lundi matin. On ne se verra pas avant l'année prochaine, long ? non ?
- Très long, trop long, on pourrait se faire un super week-end. Il part tôt lundi ton train ?
- Onze heures.
- Alors c'est bon, on gagne une soirée et une nuit…

Au Top Rank, on s'installa à une table en bordure de piste. L'orchestre en pause, le disc-jockey était en place, dès qu'il lança « Dancing in the street » de Martha & The Vandellas, les tables se vidèrent tel un raz de marée, Eve me prit la main pour prendre l'espace face à notre table. Bien au point, on dansait détendus, sûr de nous, fluides selon le rythme de la musique. Arthur Conley prit la suite avec « Sweet Soul Music » puis « Land of 1000 Dances » de Wilson Pickett où les « na nanana » étaient repris avec les chœurs par la peuplade du dancefloor.

De retour à notre table, d'un regard nous partîmes au premier étage ; avec chacun un coca récupéré au bar, on prit place sur le canapé d'une table en retrait. Après quelques gorgées bienvenues Eve lâcha :

- Notre prochain week-end ce ne sera pas avant mijanvier, j'ai mon anniversaire, le 6, je suis née le 4.
- Tu ne reviendras pas la première semaine ?
- Non, on reprend les cours le 8 mais je viendrai en voiture. C'est mon cadeau d'anniversaire pour mes vingt ans, une mini Austin.
- Ouah ! ça c'est un cadeau.
- D'occasion ! mais c'est bien quand même.
- Pour être bien, c'est bien !
- Ce sera plus facile pour moi, pas d'horaire de train, pas de bus pour aller à l'Université. Et puis le weekend on pourra se balader. Et toi, c'est quand ton anniversaire ?
- Le 13 mai, dix-neuf ans.

Je me doutais que cela arriverait un jour ou l'autre. Plus jeune de presque dix-huit mois, ça faisait beaucoup. A cet âge les filles sont généralement plus mâtures et sortent avec des gars plus âgés qu'elles. Je venais de perdre un paquet de points, j'espérais que mon compteur n'était pas à zéro. Je faisais plus vieux, j'aurais pu mentir, je n'ai pas su, mauvais réflexe. Voyant ma mine déconfite, Eve enchaîna en souriant :

- Un an ce n'est rien, on est du même âge, c'est tout, cela aurait pu être l'inverse.
- C'est généralement l'inverse.
- Viens danser

En descendant l'escalier je me motivais à mort, ça avait bien marché jusque-là, ça continuerait si je passais au-dessus de cette stupide histoire d'âge. Le groupe était de retour, guitare, batterie, les premières notes de « Let's spend the night together » des Stones, ça tombait à pic, on était chauds, on s'est fait plaisir, on a dansé sur un nuage.

Le Top Rank fermait tôt, Eve proposa le Pop-Inn. Passé minuit c'était toujours plus sexy, les rencontres du jour avaient progressé, les couples se balançaient lentement sur les slows, soudés l'un à l'autre. Au rythme de la voix envoûtante de Nina Simone, « I put a spell on you » tournait sur la platine, Eve et moi ne faisions qu'un, mes bras ceinturant sa taille, ses doigts me serrant la nuque, son bassin ondulant contre le mien, les yeux fermés, c'était à la fois langoureux et vertigineux.

De retour chez Eve, l'oncle fut délesté d'une nouvelle bouteille de vin rouge Italien. Il n'était sans doute pas dupe et réapprovisionnait gentiment. Circonspect, je me méfiais toujours de ses possibles intentions. Installés dans le canapé, un verre à la main, une assiette de sandwichs au pain de mie sur la table basse, on se délassait. Rassasiés, Eve se lova contre moi, la tendresse se termina dans la chambre tout en douceur. On se connaissait, on prenait notre temps, toujours fortement enlacés quel que soit notre position, comme si aucune partie de nos corps ne pouvait se détacher l'une de l'autre, nous naviguions au gré de nos désirs. Ce n'était plus le sexe endiablé, c'était l'extase que l'on voulait prolonger à l'infini. De tout le dimanche, on ne sortit pas de l'appart. La journée se passa entre amour, dormir, manger.

Le lendemain matin, les voyageurs sur le quai de la gare profitèrent du plus beau des baisers d'amoureux.

Sur le parvis de la gare, un peu sonné par le week-end et le départ d'Eve, le col de l'imper relevé, je m'allumai une cigarette. Les vingt minutes de marche dans l'air frais allaient me revigorer. Je me ferai un bon thé à l'arrivée chez Mamie Cara. Je devais rentrer tardivement le dimanche soir, le lundi fin de matinée n'était pas si éloigné.

J'ouvris la porte avec mes clés, pas de mamie. Annulé le thé, je n'allais pas fouiller dans la cuisine. Direction ma chambre, la porte était ouverte, c'était sans doute volontaire pour s'assurer de mon retour, mamie était avisée. Dix minutes plus tard, allongé sur mon lit, je m'endormais, la porte fermée.

Quand je me réveillais, il faisait nuit. Il était dix-sept heures. Groggy, je sortis de la chambre pour la salle de bain, dans le couloir j'entendis la télé. Une demi-heure plus tard, à peu près rétabli, je me présentais au salon.

   - Bonjour Cara.

- Bonjour Philippe, bien dormi ? Tu as passé un bon week-end ?
- Oui, merci, je vais aller faire quelques courses.
- Si tu veux, je t'invite, ça me ferait plaisir, je ne mangerais pas seule.
- Merci, c'est d'accord, à quelle heure ?
- Dix-huit heures trente.
- Bien, alors je vais faire un petit tour au bord de mer pour me dégourdir.
- Profite bien, à tout à l'heure.

J'avais besoin de sortir, de me balader au bord de l'eau. Cinq minutes à pied, j'étais sur la promenade de la plage, place de l'Ange, la limite entre Hove et Brighton. Je pris à droite vers l'ouest direction Shoreham by Sea qui jouxtait Hove de ce côté. La promenade était très longue, très large, de grandes et belles pelouses la séparaient de l'avenue. Je ne m'éloignais pas trop, m'assis sur un banc encadré de pare-vents en bois vert foncé. Bien à l'abri, Senior Service allumée, je profitais de la vue sur mer, du mouvement et du bruit des vagues. C'était apaisant, je me sentais bien, j'étais bien ici. Je serais bien resté plus longtemps, pour ne pas faire attendre mamie je ne m'attardais pas. Quand j'entrai, un peu avant l'heure, elle me demanda :

- Philippe, tu pourrais ouvrir la bouteille de vin.
- Oui bien sûr, et je pris tire-bouchon et bouteille qu'elle me tendait.
- C'est du vin de chez toi tu connais ?

- Côtes de Blaye, je connais, j'en ai bu à la maison. Mon père est fan du Bordeaux. C'est un très bon vin.
- C'est une des bouteilles que m'a offerte ma fille, de retour de vacances en France l'année dernière. Elle est allée à Arcachon. Installe-toi dans le salon on va le goûter.

Bien-sûr j'attendis qu'elle s'asseye pour faire de même. Je me mis alors à regarder les tranches des livres se sa bibliothèque. Des auteurs anglais inconnus, et puis un titre m'a intrigué : « L'Art de la guerre » de Sun Tzu. Je commençai à le feuilleter, quand Cara est entrée dans le salon, s'est approchée de moi pour voir le livre entre mes mains.

- Excellent, prends-le, tu apprendras des méthodes qui te serviront toute ta vie. Il a été écrit il y a deux-mille-cinq-cents ans par un général chinois. Ses conseils de stratégie peuvent être adaptés à la vie actuelle de tous les jours.
- Merci, je vais le lire.
- Installe-toi sur la banquette, le dîner est en train de cuire. Tu prépares un diplôme d'anglais, je crois, ça se passe bien ?
- Oui, je suis ici depuis trois mois, cela m'aide bien.
- Que feras-tu, prof ?
- Je ne pense pas, mais je ne sais pas encore, c'est ma première année sur trois ans, j'ai le temps d'y réfléchir. Il est bon le vin.

- Ma fille va régulièrement passer quelques jours de vacances à Arcachon, elle aime beaucoup. A chaque fois elle me rapporte du vin.
- La région a longtemps été anglaise au Moyen-Age.
- Je ne savais pas. Tu as des frères et sœurs ? Tes parents travaillent ?
- Deux frères, une sœur, mon père est boucher, il importe aussi des chevaux d'Irlande pour la boucherie.
- Vous mangez du cheval en France ? C'est vrai que vous mangez aussi des escargots et des cuisses de grenouilles. Viens dans la cuisine, ce devrait être prêt. Tu me raconteras.

Je pris les deux verres vides et la bouteille de vin pour les déposer sur une petite table collée contre un mur. Deux chaises face à face, Cara me montra ma place et sortit le plat du four avec sur le dessus, des petites vagues dorées de purée. Dans la part déposée dans mon assiette je découvris la viande sous la purée. C'était pour moi du hachis Parmentier, pour Cara cela s'appelait un Shepherds Pie et c'était différent. Le hachis d'agneau était mélangé avec de l'oignon mais aussi des petits pois et des carottes. De la sauce tomate et du ketchup liait l'ensemble.

- Cara, c'est délicieux le plat.
- Merci, raconte-moi les chevaux d'Irlande.
- Mon père en importe pour les revendre aux bouchers chevalins du Havre. Ce sont des quartiers de viande. En France, il est reconnu que la viande de cheval est

excellente pour la santé et c'est moins cher que le bœuf.

- Ton père va en Irlande les acheter ?
- Il y est allé quelques fois, mais il en reçoit toutes les semaines.
- Ma sœur habite en Irlande, tu reprends du Sheperds Pie ?

Je ne pus qu'acquiescer. Le niveau de la bouteille de vin baissait sérieusement, Cara l'appréciait tout autant que moi. Pour le dessert elle avait préparé un joli et excellent crumble aux pommes. Sa cuisine était savoureuse, sa curiosité devint gênante lorsqu'elle aborda le thème de la religion. En Angleterre l'anglicanisme était la principale communauté chrétienne, les Catholiques ne représentaient qu'une petite confrérie dont elle faisait partie. Je ne savais que répondre, ne pouvais lui décrire ma position vis-à-vis de l'église depuis ma cérémonie de confirmation.

Communiant à douze ans, je dus faire l'année suivante ma confirmation à treize ans. En classe secondaire de quatrième je n'étais plus un enfant sans discernement. Sur le parvis de l'église Saint-Léon du Havre, en fin de matinée, avec le curé et un abbé, nous n'étions que quelques-uns à attendre l'arrivée de l'évêque de Rouen en charge de notre diocèse. Nombre de communiants et communiantes de l'année passée avaient déserté les cérémonies religieuses. Dans le cas présent, j'étais contre, maman était pour, j'étais là. Après quelques temps d'attente, une imposante voiture noire se gara devant l'église. Un chauffeur en habit en descendit pour ouvrir la porte arrière côté trottoir, en apparut un homme tout de violet vêtu. Cette arrivée me détourna de l'église à jamais. Voir cet homme, représentant une haute autorité du catholicisme, richement habillé, disposant d'une limousine de l'époque, avec chauffeur, était bien loin des principes de cette religion et de l'enseignement reçu au catéchisme. Bien sûr, je ne l'avais pas imaginé arriver en Mobylette bleue, moyen de locomotion de milliers de jeunes et d'ouvriers de l'époque. Une voiture simple mais correcte, comme la Simca Aronde P60, conduite par l'évêque lui-même, habillé sobrement, ne m'aurait pas déplu. J'aurais pu imaginer, chaque évêque partant de son diocèse en P60 blanche, toit violet, pour rejoindre un séminaire au centre de la France, vu du ciel plus de cent petits points violets convergeant vers un même lieu. Loin de mes pensées, dans notre église de Saint-Léon, notre curé obséquieux et son évêque hautain prirent la tête du petit groupe de confirmants, accompagné par l'abbé, pour rejoindre le chœur de l'église. Là, trônait un magnifique fauteuil dédié à notre haute autorité du jour. L'évêque installé, nous à la queue leu leu, défilâmes pour recevoir, une onction d'huile et un signe de croix sur le front, avec en prime une petite tape sur la joue. En contrepartie, et ce n'était pas rien, quelle chance, agenouillés, nous eûmes l'immense honneur de baiser l'anneau épiscopal, porté à l'annulaire droit par le chef du diocèse. Ce fut le moment le plus contraignant pour moi. Après cette cérémonie éprouvante, évêque et curé partirent se restaurer au presbytère. Je supposais que la cuisinière avait préparé un repas digne de l'invité et que ce n'était pas du vin de messe qui serait servi.

Aux interrogations de mamie Cara, je l'informais simplement que notre famille était catholique, que maman et ma sœur étaient assidues à la messe.

Elle rebondit sur sa sœur catholique pratiquante elle aussi. Habitante de Derry en Irlande du Nord, sa vie subissait des injustices liées à sa religion. Elle m'expliqua qu'à Derry, nom de la ville pour les catholiques, Londonderry pour les protestants, le système de vote aux élections municipales était tronqué. Le suffrage universel n'existait pas, le suffrage censitaire était en place, seuls les habitants de vingt et un ans et plus dépassant le seuil d'un niveau d'impôts avaient droit de vote. Les catholiques plus nombreux mais plus pauvres dans leur majorité étaient désavantagés. Les votants propriétaires d'entreprise, majoritairement des protestants avaient droit à un double vote. Ensuite le découpage électoral était fait de telle sorte que certaines zones à forte majorité catholique avaient moins d'élus proportionnellement que celles à majorité protestante. Le résultat était que, Derry, ville avec une population catholique largement majoritaire, était dirigée par un conseil municipal protestant. Conseil municipal qui favorisait les protestants, en particulier dans l'attribution des logements sociaux et des emplois municipaux. Les protestants obtenaient facilement un logement social, les catholiques restaient sur une longue liste d'attente. Trois-quarts des employés municipaux étaient protestants. La discrimination se faisait également au niveau de la rémunération et de l'embauche dans les entreprises privées. La conséquence était un chômage beaucoup plus important chez les catholiques. Quant à la police à forte dominance protestante elle n'était pas là pour diminuer les tensions avec la religion d'en face. D'après Cara cette discrimination ne pourrait continuer ainsi, elle pressentait des actions violentes à venir, donnait l'impression d'être bien informée sur d'éventuelles opérations de l'IRA. A l'entendre discourir, je l'imaginai pistolet-mitrailleur en bandoulière aller se frotter aux forces anglaises des Unionistes. Mamie Cara marcherait en tête de son armée catholique et sus à l'ennemi protestant d'Irlande du Nord, sur la musique de Richard Wagner, « La chevauchée des Walkyries ». Déchaînée comme elle était sur le sujet, je n'aurais pas aimé être à leur place.

Puis mon hôte, aborda des sujets plus légers. Nous parlâmes de la vie animée à Brighton, en tant que station balnéaire très prisée, du calme chic d'Hove, de la chance pour les jeunes d'avoir la nouvelle Université du Sussex, installée proche de la ville, facile d'accès par le bus. Puis nous partîmes sur Noël, fêté par tous les chrétiens quel que soit leur communauté, avec les traditions à cette occasion selon les familles. Pas de réveillon pour Cara le vingt-quatre décembre, elle allait à la messe de minuit avec une amie, au retour elles se faisaient ensemble un repas simple. La fête et les cadeaux, c'était le jour de Noël chez sa fille.

On acheva la bouteille de vin pour finir sur une bonne note.

Retour au Havre, le car-ferry nous débarqua à sept heures. A huit heures je buvais mon bol de thé à la maison dans la cuisine. Le temps du petit-déjeuner maman me questionna un peu sur mes trois mois passés à Brighton. Très généraliste sur les réponses, je devais reconnaître que je ne satisfaisais pas sa curiosité. Je n'eus pas de demande au sujet d'une petite-amie éventuelle, maman savait pertinemment qu'elle n'aurait aucune information. Je me fis la réflexion que Eve non plus ne lâchait rien sur le sujet. Je retrouvai ensuite ma chambre et la salle de bain. Grand plaisir pour moi, c'est ce qui me manquait le plus dans mon deux pièces anglais, une douche. Vers treize heures, repas avec maman et papa de retour de la boucherie. Je dirigeai la conversation plus particulièrement vers le restaurant, ce qui l'interrogeait et me convenait très bien.

L'après-midi je fis un tour chez le disquaire Cours de la République, voir le contenu des bacs. Je m'intéressais à Aretha Franklin avec son succès « Respect » sorti au printemps 67. Un autre single venait d'arriver récemment avec deux titres : « Chain of fools et Satisfaction », j'achetai les deux disques. De retour à la maison, dans ma chambre, j'attaquai par la reprise du « Satisfaction » des Rolling Stones. La version soul d'Aretha était excellente, l'orchestre avec les cuivres donnait une autre tonalité au succès mondial des londoniens. C'était du travail de grands professionnels, le label Atlantic était là. Je poursuivis par une autre reprise « Respect » d'Otis Redding sortie en 65. Je connaissais la version d'Otis, il a dû la regretter en entendant celle d'Aretha. Orchestration différente qui embellissait sérieusement l'originale, les paroles machistes initiales personnalisées pour Aretha devinrent un hymne féministe. Ce fut un super titre qui propulsa la chanteuse vers les sommets des hit-parades. « Chain of fools » le troisième morceau avait un rythme qui balançait bien mais était en deçà des deux autres au succès mondial.

Mes copains Alain et Richard à l'armée, aucune sortie n'était envisageable. Je me baladais un peu dans la ville neuve, au bord de mer, mais mes pensées étaient en face de l'autre côté de la Manche, Eve me manquait terriblement. Tout en elle, sa beauté, son élégance, son charme, sa démarche, sa façon de penser, d'aimer, ses mains, ses yeux, son regard, sa bouche, ses lèvres, son corps, nos baisers, notre complicité, la danse, l'amour…tout en elle était indispensable à ma joie de vivre. « La vie ne vaut d'être vécue sans amour » chantait Gainsbourg ça collait bien avec mes sentiments envers Eve.

Pas de réveillon chez les parents, on fêta Noël le vingt-cinq avec toute la famille. Comme cadeau je reçus un magnifique stylo-plume dans sa boîte Waterman. Je participais à la fête sans être vraiment concerné, mais le moral remontait, chaque jour passé me rapprochait de Brighton, et de mon amour.

4

Vingt-sept décembre à Hove, je fus accueilli par un large sourire de mamie Cara, me demandant si j'avais passé un bon Noël. Oui, c'était super, je n'allais pas lui dire que je n'avais qu'une hâte c'était de rentrer. Je déposai mon sac dans la chambre et ressortis retrouver la promenade du bord de mer. Soleil et nuages alternaient, un peu moins de dix degrés, pas de vent, avec le blouson col relevé c'était super agréable. Mon banc était libre, je m'installais, cigarette comme d'habitude. Déjà une semaine sans Eve, il m'en restait deux pour la retrouver, ce serait intenable. Une folle envie d'aller à Hasting, je pourrais trouver son numéro de téléphone, l'appeler, peu de chances que ce soit elle qui décroche, impossible de demander à lui parler, je n'existais pas et avec mon accent français j'éventais le secret de notre relation. D'un autre côté elle pourrait me reprocher de ne pas avoir chercher à la voir, j'avais failli le lendemain de notre première sortie. De n'avoir pas toqué à sa porte comme elle l'espérait, malgré ses révisions, aurait pu mettre un terme à notre tout début de relation. Les 2 et 3 janvier je serai libre, j'irai à Hasting. Ma décision m'avait remonté le moral, je quittai la plage, fis quelques courses dans Western Road en remontant. Pas de lumière dans l'appart quand j'entrais, Cara partie, je me fis un steak haché avec œuf à cheval et des

126

chips. Je passais la soirée à répéter à la guitare les titres appris avec le groupe. Une semaine sans jouer, j'en avais bien besoin.

∗

Période de vacances, le restaurant était ouvert toute la semaine midi et soir. Alan avait fait la période de Noël, à moi le Nouvel An. Je retrouvai avec plaisir la bande du resto, mon tablier plastifié, mon antre, le fond de musique Jazz hors coup de feu. Pas stressé, j'étais devenu un pro de la plonge. Les assiettes voleraient du passe-plat au passage poubelle, se rafraîchiraient sous la douchette, avant le sauna du lave-vaisselle et le repos bien mérité sur les étagères du placard. A moins qu'encore toute chaudes elles ne repartent pour un tour de manège. Entre le repas du midi et celui du soir, j'en profitai pour aller chez Tesco dans l'espoir de trouver Patty à la caisse. En entrant je reconnus ses cheveux roux, peut-être « une chance de cocu » comme l'on aimait dire chez nous. Peu de clients à cette heure, paquet de cornflakes, pain de mie, marmelade d'orange en mains, je me présentais à la caisse. Accueilli par un grand sourire, soupçons confirmés que ma chérie était un peu trop bavarde avec sa collègue, je demandais à Patty le numéro de téléphone d'Eve. Après avoir encaissé l'unique cliente derrière moi elle se rendit au fond du magasin. A son retour le numéro sur un papier me rassura. Merci beaucoup, bonne journée, sourires complices entre-nous je repartis tout content.

Le lendemain en fin de matinée, avant le rush, je demandai la permission à Mary de téléphoner dans la région. Elle devinait tout de moi, me conseilla, avec un sourire, le bureau libre au premier étage. J'avais privilégié cet horaire avant repas, estimant qu'Eve serait là, qu'elle pourrait décrocher. Je n'avais pas de plan B en raison de mon accent. A la troisième sonnerie un « hello » trop grave me fit aussitôt raccrocher.

Cinq minutes plus tard je recomposais le numéro, l'envoûtant « hello » d'Eve m'enchanta. D'un commun accord nous fûmes super rapides, moi vis-à-vis de mon job, elle en fonction de son environnement familial. Hasting en bord de mer en Angleterre disposait obligatoirement d'une jetée promenade, rendez-vous à l'entrée mardi 2 janvier à quatorze heures, raccrocher aussi sec. J'avais ressenti de l'enthousiasme dans le son de sa voix, peut-être espérait-elle mon appel et Patty l'avait prévenue. Au retour, je croisai Mary et un petit sourire de connivence. Pour moi c'était super Mary.

Branle-bas de combat au restaurant le jour du réveillon. L'équipe service salle : Ellen, Alec, Mary, s'essayaient avec succès à terminer la décoration. Les cuisiniers Bien, Owen, Oliver, avec l'apport d'Alan étaient à fond dans la cuisine, George, le père de Bien, faisait les relais salle cuisine selon les besoins. A la plonge, je surnageais royalement au-dessus des casseroles et ustensiles de cuisine. Le midi, dernier contrôle des plats selon ses envies. Je testais le filet de bar poêlé, avec ses raviolis de homard, surmontés de Saint-Jacques, le tout accompagné d'une bisque de crustacés. J'étais mieux là qu'au Wimpy.

Le soir, restaurant complet depuis longtemps, l'équipe salle tout en élégance était prête à la réception. Mary, robe en lainage mini noire, près du corps, sans manche, avec col montant légèrement sur le cou recevait les clients à la porte. Ellen, haut noir manches longues, légèrement décolleté, échancré sur les épaules, avec pantalons noirs et Alec, costard noir, chemise blanche, nœud papillon noir, les dirigeaient vers leur table. Au bar, Georges, même tenue qu'Alec était dans les starting-blocks. Dans la cuisine, la brigade totalement prête, confiante en son expérience, attendait le top. Alan était toujours avec eux, il viendrait m'aider en milieu de repas. Moi j'étais moins confiant, nous devions être parfaits dans le timing. Bien m'avait assuré qu'Alan m'épaulerait plus tôt si coulage il y avait.

Coulage il n'y eut point, il faut dire que l'organisation était bien rodée, ce n'était pas leur premier réveillon.

Cuisine terminée, phase finale du rangement en cours, j'entendis les premières notes de « C'mon everybody » d'Eddie Cochran. Un coup d'œil dans la salle, quelques clients attardés, des habitués du restaurant, dansaient sur une piste improvisée, des tables poussées dégageaient de l'espace. Georges débouchait de nouveau du champagne, Jack, dit Bien, était à la platine. M'apercevant à la porte battante, Ellen vint me chercher. Je déposais le tablier, apparaissais en jeans, acheté la veille, et t-shirt blanc. Ellen savait danser le rock, en quelques passes, on était calés. Pendant le très court moment de changement de disque, une seule platine, je m'étonnai que l'on puisse danser auprès des clients. Selon Ellen c'était un peu plus que des clients, presque des amis, c'était comme ça tous les ans. A la fin tout le monde dansait, la copine d'Owen allait arriver. Chuck Berry nous remit en piste avec « Rock and roll music ». Quelques minutes plus tard, entrée de la copine accompagnée d'une amie. Deux groupes se formèrent, Bien et Mary ensemble ou avec leurs clients presque-amis, nous, quatre gars pour trois filles. Oliver participait peu, quant à Alec, il était rentré chez lui où une autre soirée en famille l'attendait. Les moments où je ne dansais pas, je n'avais d'yeux que pour Mary, avec sa robe chic et sexy, j'aurais tant aimé l'enlacer pour un slow-rock. Trois heures du mat, les clients partis, l'équipe lessivée vautrée sur des chaises reçut les félicitations du boss. Le jour de l'an le resto était fermé, la majorité des estivants repartiraient ensuite, on ne reprendrait que jeudi soir et c'était mon tour de plonge.

Comme d'hab, j'allumai la Senior Service à la porte du resto en partant. Ellen, juste après moi me proposa de me raccompagner à Hove. Dans l'Austin A55 de sa grand-mère elle me demanda :

- Tu te plais à Brighton ? au resto ?
- Oui, je suis chez moi ici et l'ambiance est bonne au resto.
- Le groupe ça va ?
- Avec l'arrivée d'Harry et de Josh, c'est une autre dimension, Josh chante vraiment très bien.

- Oui, Brian me l'a dit je viendrai vous voir jouer à la reprise.

Arrivés devant chez Cara, on s'est souhaité une bonne année et sans doute en raison de la fatigue conjuguée au champagne, on s'est regardé, on s'est embrassé, on s'est souri, j'ai ouvert la portière, sur le trottoir j'ai regardé l'Austin s'éloigner. C'était juste le baiser d'un soir de réveillon, c'était bon.

Le mardi matin, neuf heures, météo maussade, sept degrés, tenue complète avec t-shirt, pull col roulé, blouson, imper, pour l'embarquement dans le train à destination d'Hasting. Deux heures de trajet avec un petit détour par Eastbourne, autre station balnéaire du Sussex, celle-ci réputée pour son ensoleillement. Ce jour-là c'était terriblement compromis. Sur le parvis de la gare d'Hasting un aimable gentleman m'indiqua le trajet pour rejoindre la jetée. Petite marche d'une quinzaine de minutes pour découvrir la plage, la mer et sa jetée, devant le White Rock Pavilion. Ce petit tour en ville et la promenade du bord de l'eau m'avaient déçu, rien de comparable avec Brighton et Hove. Peut-être fallait-il séjourner et connaître la ville pour l'apprécier. Hot-dog pour le repas, j'étais de retour à mon point de rendez-vous à quatorze heures. Quelques minutes plus tard une auto beige, ressemblant à un cube, s'arrêta devant moi, au volant Eve. Je montai, elle démarra aussi sec, pas de bises, juste un « hello ». Elle m'expliqua avoir emprunté la voiture d'une amie pour s'éloigner des commères d'Hasting.

Vingt minutes plus tard, dans Battle, on stoppait sur un parking devant un château, en fait une abbaye. Petit cours d'histoire d'Eve, c'était ici que s'était déroulé la bataille entre le roi d'Angleterre Godwinson et Guillaume le Conquérant en 1066. Le vainqueur normand, devint roi d'Angleterre, quelques années plus-tard, il fit construire l'abbaye. Ici Eve était certaine de ne pas rencontrer de connaissances, aucune n'y viendrait un mardi 2 janvier. Intrigué, je lui demandai :

- Pourquoi crains-tu que l'on nous voie ensemble ?
- Je connais trop la suite, ma mère va vouloir te rencontrer, mon père sera aussi intéressé, tu seras invité. Après je devrai répondre régulièrement à des questions te concernant, nous concernant, tu ne connais pas ma famille, c'est mieux pour toi et pour nous deux. J'aime notre tranquillité loin des autres, c'est notre liberté, on vit comme sur une île. Tu n'aimes pas ?
- Je n'aime pas, j'adore !

Eve connaissait dans la rue principale un salon de thé toujours ouvert, il était fermé, en congé toute la semaine. De retour dans la voiture, elle se lança à me parler de ses fêtes de fin d'année. Au réveillon de Noël, après le repas et les cadeaux, pour aider sa mère qui profitait de ses petits-enfants, elle rangeait, seule dans la cuisine. Son jeune oncle, habitué à la draguer lourdement, entra et tenta de l'embrasser. Un coup de pied d'escarpin dans le tibia et une gifle le fit reculer. Quand elle ressortit dans le couloir elle entendit la porte vitrée de la cuisine donnant sur le jardin s'ouvrir, sans doute pour rafraîchir la chaleur d'une gifle et évaporer des vapeurs d'alcool. Elle ne parla à personne de ce comportement, pour ne pas gâcher le Noël familial. Au réveillon du Nouvel An ce fut chez une copine, nul comme tous les ans. De mon côté Je lui racontais l'épisode dancefloor pour toute l'équipe du restaurant. Le jour diminuait, je proposais de trouver un endroit plus intime. Eve démarra, mit le chauffage à fond, et nous partîmes sur une petite route de campagne. Après quelques recherches on se trouva une entrée de prairie à l'abri d'un talus et des regards. La performance du chauffage de l'Hillman Imp, petite voiture sympathique, ne laissait aucune chance au déshabillage, l'espace ne permettait pas non plus beaucoup d'imagination. Heureusement, Eve portait sa mini robe fétiche en lainage, elle ôta ses bottes, baissa collants et culotte, pour me rejoindre assise sur moi qui l'attendait déjà nu des pieds à la ceinture. Notre baiser de retrouvailles fut intense, éblouissant, nous étions emportés par notre joie d'être à nouveau ensemble, soudés l'un à l'autre, nous ne faisions qu'une seule identité. Ce fut un bonheur absolu. Assouvis, nous sommes restés ainsi, entrelacés, Eve m'a regardé, ses yeux brillaient, les miens aussi sans doute, j'ai pris son visage dans mes mains je l'ai embrassée rapidement plusieurs fois partout, sur le front, les joues, les oreilles, le cou, le nez, les lèvres, elle riait, c'était magnifique. J'ai posé ma tête sur sa poitrine, elle a joué avec mes cheveux, on est resté comme ça un moment. La buée avait envahi les vitres, on l'essuya avec un chiffon trouvé dans la boîte à gants, la ventilation devait avoir besoin régulièrement d'une aide. Nous repartîmes par la petite route de campagne pour rejoindre la gare. Pas de mélancolie, on se retrouverait dans quelques petits jours à Brighton.

Il était dix heures du soir quand j'entrai chez Cara, c'était ma dernière nuit. Je n'avais pas mangé depuis le midi, j'avais une faim de loup et rien de prévu dans le frigo. Cara regardait la télé, je lui demandais l'autorisation de me servir dans ses provisions. « Fais comme chez toi, je te l'ai déjà dit » fut sa réponse. Je sortis le pain de mie, préparai des sandwiches jambon beurre, mis deux œufs dans une casserole d'eau à chauffer pour les manger durs, allumai la bouilloire pour le thé et m'installai à la petite table pour attaquer les sandwiches. J'en étais à terminer tranquillement mon thé quand Cara s'installa à la chaise en face de moi.

- Alors Philippe ça s'est bien passé le nouvel an ?
- Oui j'ai travaillé au restaurant, c'était dur mais ça s'est bien passé.
- Tu bois un whisky ?
- Oui, je veux bien
- C'est du whisky irlandais, « Green Point » excellent.

Je craignais une nouvelle envolée sur les problèmes nord-irlandais mais on resta au pays du bon vin La conversation s'engagea sur la France, Cara était allée à Paris. J'ai bu le whisky à petite dose, il était fameux. Moment de détente terminé, je suis allé me coucher, j'étais lessivé par la journée. Ecroulé sur le lit, je n'ai plus pensé à rien, on verrait demain.

∗

Le lendemain fin de matinée, je rendis les clés à Clara, et repartis avec mes deux sacs et ma guitare, heureusement le ciel était clément. De retour dans ma cuisine-salon de Garner-Street, les affaires à peine posées, j'entrouvris la fenêtre, me vautrais dans l'unique fauteuil, m'allumais une Senior-Service. Je m'étonnais de la pugnacité de Cara par rapport au problème nord-irlandais, son discours d'avant Noël me revenait en mémoire, elle était révoltée sur le sujet, ce que je comprenais, je l'étais moi aussi, mais son « va-t'en guerre » me surprenait pour une mamie. Peut-être le livre « L'art de la guerre » qu'elle m'avait prêté, que j'avais lu, l'avait confortée dans des actions adéquates. Il est vrai que ce livre était très instructif, prônait une victoire intelligente, la meilleure étant celle sans combattre. Il était certain qu'en appliquant ses principes à la lettre, on pouvait s'éviter de nombreux déboires quel que soit l'usage que l'on en faisait. La guerre, c'était le but du livre, mais aussi la gestion, le management, l'essor d'une entreprise. Sans considération de l'époque, ses préceptes étaient applicables de tous temps en toutes circonstances.

L'après-midi, j'avais rendez-vous à la gare à quinze heures avec Harry, pour apprendre chez lui quelques accords sur l'orgue, avant la reprise des répètes du groupe. J'étais un peu en avance, il m'attendait déjà en parka auprès de son scooter. En blouson et imper, je m'installais derrière lui, cinq minutes plus tard, on s'arrêtait devant deux grandes maisons jumelées aux portes d'entrée côte à côte. Construites en briques rouges avec deux étages, le second était mansardé. Les bay-windows rectangulaires du rez-de-chaussée étaient moins esthétiques que les demi-lunes habituelles. En ouvrant la porte côté gauche avec ses clés, Harry me précisa que nous serions tranquilles, parents au travail, sœur et frère de sortie. Il m'emmena directement à sa chambre au second étage. De sa fenêtre la vue s'ouvrait sur un petit jardin et sur celui de la maison d'en face, en briques rouges également, tout le quartier était conçu ainsi. Aux murs blancs de son espace, aucune décoration, aucune photo, l'orgue Vox Continental nous attendait près de la fenêtre. Harry pour me montrer quelques possibilités du Vox joua « Ninety-six tears » de Question and The Mysterians, succès de 66 puis « I put a spell on you » la version des Animals. Ensuite ce fut mon tour pour apprendre des accords basiques qui me permettraient de jouer avec le groupe. On y passa l'après-midi mais je repartis avec quelques bases, le reste se ferait avec l'entraînement et ses conseils lors des répétitions. Le temps des pauses j'appris aussi à mieux connaître Harry. Il travaillait dans les bureaux de la mairie, son job le consternait, seule la musique comptait pour lui. Cette semaine-là, il s'était fait arrêter par le médecin de famille. Compréhensif, le toubib le connaissait depuis toujours, il lui avait conseillé de changer de job. Pour l'instant il n'avait pas encore tenté autre chose et le travail à la mairie avait aussi des avantages. Les horaires lui donnaient quelques libertés, la paye était assurée, mais cela ne pourrait trop durer, pour l'instant il s'adaptait au mieux. Il avait quitté sa bande des Mods de Brighton l'année dernière, il n'avait plus l'âge, le concept avait vécu, sa copine l'avait facilement convaincu d'arrêter. Oui, il avait participé à la fameuse bataille contre les Rockers sur la plage en mai 1964. Les Mods étaient beaucoup plus nombreux, ceux de Londres descendaient régulièrement, Brighton était leur ville. Ce week-end de Pentecôte ensoleillé les Rockers de passage avaient pris une raclée. La police était intervenue, la bataille avait fait les gros titres des journaux. On parla aussi des filles, je lui dis quelques mots sur Eve, il me montra la photo de sa copine, dans un cadre sur son bureau. Une jolie rousse aux cheveux bouclés, les traits fins, les yeux verts, elle était très jolie, ils se connaissaient depuis leurs quinze ans, ça faisait six ans, elle travaillait dans un magasin de fringues, s'appelait Susie. Evidemment il jouait « Susie Q » de Dale Hawkins à la trompette et comme dans les paroles « il aimait sa façon de marcher ».

Le mardi suivant, fin d'après-midi, tout le groupe était de retour au cottage pour la première répète de l'année. Comme d'habitude maintenant, Brian, Eric, Paul et moi étions venus en voiture, merci mamie de Brian pour l'auto, Harry sur son scooter avait pris Josh en passant. Dur pour eux si la pluie s'en mêlait. Tout heureux de reprendre nous étions en forme, j'alternais orgue-guitare, suivais à la lettre les conseils d'Harry et de Brian. Pas question de me faire virer, je m'appliquais au maximum, pour le moment ça passait. Josh était le plus brillant. Il nous fallait quelques titres lents, le premier choisi fût « Gin House Blues » d'Amen Corner. Harry était à la trompette, j'avais quelques accords simples à l'orgue. Entendre Josh était un régal, je devais rester concentré pour ne pas repenser à notre fantastique slow avec Eve sur le même titre au Pop Inn.

A la pause, sandwiches-bières, Brian, Éric, et Paul proposèrent aux trois autres une visite du petit bâtiment dans le jardin où était entreposé du matériel de Peter, le frère de Brian. Que ne fut notre étonnement en découvrant la transformation d'une partie de l'espace. Proche du fond du bâtiment, derrière le matériel de plomberie, une cloison avec une porte, à l'intérieur une mini pièce d'une quinzaine de mètres carré. Les murs étaient recouverts de contreplaqué laqué blanc comme le faux plafond. Au centre, deux tables avec un peu d'espace entre elles pour tourner autour, sur chacune une dizaine de pots avec de jeunes pousses de plantes vertes. Surplombant chaque table une grosse ampoule éclairait, chauffait les plantations. Dans un coin un gros ventilateur brassait l'air humide. Au bas d'un mur extérieur un tuyau coudé laissait entrer l'air, sur le haut du mur d'en face une sortie d'air également coudée. Les feuilles des plantes étaient différentes d'une table à l'autre. D'un côté elles étaient fines et longues, de l'autre côté les feuilles étaient plus larges, la plante ressemblait plus à un buisson. Les trois nouveaux cultivateurs nous présentèrent leur produit, chacun dans sa partie. Brian prit la parole :

- Bon, les gars, on ne voulait pas vous cacher ça. Vous l'auriez appris un jour ou l'autre. Ils nous arrivent de fumer un joint, et ce n'est pas toujours évident d'en trouver selon nos finances. Fabian rencontre beaucoup de gens au garage où il travaille. Il a peut-être trouvé une solution. Fabian le taiseux enchaîna :
- J'ai fait connaissance de deux frères londoniens qui viennent régulièrement à Brighton, ils logent chez leur grand-mère. L'aîné à une MG Midget, je bricole parfois dessus en dehors du garage. Cet automne on a parlé cannabis et culture. Un de leurs potes à Londres en cultive dans une cave, ils m'ont expliqué comment faire contre des réparations gratuites de la MG. J'en ai parlé à Éric et Brian, on a branché Pierre pour profiter du cottage éloigné des voisins. Le résultat est devant vous.
- C'est long à pousser ? Demanda Harry.
- Deux mois pour l'Indica, les feuilles larges, trois mois pour la Sativa les feuilles fines. Répondit Eric.
- Vous êtes sûrs que ça va marcher ? Continua Harry.
- Ça pousse à Londres, ça poussera à Brighton, reprit Fabian. Le plus difficile, c'est de maintenir la bonne température, la bonne humidité, il faut arroser copieusement tous les quatre-cinq jours. Actuellement on éclaire seize heures sur vingt-quatre, après on passera à douze heures.
- C'est quoi la différence entre les deux plants ? Demandai-je.

- La Sativa c'est festif, à prendre avant de sortir, l'Indica c'est relax, tu prends ça chez toi cool, me répondit Eric.
- Et les effets secondaires ?
- Pour la Sativa, tu peux avoir des sensations chaud-froid, il faut s'hydrater avec de l'eau, tu peux avoir faim, vomir aussi. Avec l'Indica tu peux avoir comme une barre au crâne.
- Bon les gars, repris Brian, c'est juste pour de la consommation perso, pas question d'en vendre, pas un mot à personne sinon ça fera le tour de Brighton et l'on se retrouvera en taule.

La visite terminée, de retour à la répète, je pensais qu'avec la culture du cannabis et l'éventuelle découverte par les flics, on ne sait jamais comment, le groupe risquait gros, et moi plus encore, en tant que gentil étudiant étranger, accueilli avec bienveillance, par l'aimable administration anglaise. Je dois avouer que cette découverte ne m'enchantait pas. Je n'avais pas imaginé non plus Éric et Fabian docteurs es sciences du cannabis.

Mercredi 17 heures j'attendais ma chérie devant Tesco. Elle apparut toute souriante dans sa tenue bleue, jeans et blouson cuir, sur son col roulé blanc. Il faisait froid, un béret en feutre blanc style Bonnie, de Bonnie and Clyde, couvrait ses cheveux. Elle l'avait positionné un peu sur l'arrière et son côté gauche, dégagé sur le front, comme Faye Dunaway dans le film. Je n'avais pas le chapeau feutre de Clyde mais avec le col relevé du blouson sur mon col roulé noir et mon jean, on pouvait faire la paire, sauf que j'étais aux antipodes du beau gosse Warren Beatty. Toute contente elle m'emmena dans la rue d'à côté pour me présenter une magnifique Austin Cooper verte au toit blanc. L'intérieur était en cuir vert clair, j'appréciais le joli volant en bois vernis cerclant trois branches en métal perforé. Entre la Morris 1100 de madame Collins et la Mini d'Eve, les ensembles vert foncé, vert clair devaient être très tendance pour les voitures de la gent féminine anglaise. J'avais l'impression d'une voiture neuve, l'auto de 1964 avait fait un détour chez le garagiste et le carrossier pour le cadeau d'anniversaire, bien joué le papa. Je me fis la réflexion que je n'avais pas de prénom pour lui, pas non plus de patronyme. Eve et moi ne connaissions pas nos noms respectifs, aucun de nous deux n'avions eu la curiosité de poser la question, je laisserai le hasard faire son œuvre.

A peine assis dans l'Austin à ses côtés, je lui souhaitais un « bon anniversaire Eve » en lui présentant un petit cadeau. Elle fumait parfois une cigarette, des « Craven A », à l'emballage rectangulaire rouge. Dans une jolie boîte, elle découvrit un briquet « Zippo Slim » rouge mat. Le format mince étudié spécialement pour les femmes était élégant. Elle sortit son paquet de « Craven » pour apprécier l'ensemble. Je lui fis remarquer qu'en cas de questionnement sur l'origine de son briquet elle pourrait justifier facilement un propre achat, un bijou aurait été compromettant. Elle m'embrassa tendrement et me regardant dans les yeux m'annonça :

- Merci, il est très beau, c'est mon plus beau cadeau d'anniversaire.
- Après l'Austin…
- L'Austin c'est différent….

La bonne idée d'Eve était d'aller manger dans un pub de Shoreham-by-Sea à une demi-heure de route après Hove en longeant la mer. Eve conduisait bien, j'eus une pensée pour Fiona, petite amie de l'été 66 qui avait failli, avec une Mini elle aussi, nous faire emboutir un des célèbres bus anglais à étage. Le sang lié à la rencontre n'aurait pas dépareillé à la couleur rouge des deux véhicules. Mon réflexe de prendre le volant nous avait permis de terminer la journée dans de meilleures conditions.

Le pub se situait près du pont traversant le fleuve Adur qui se jette dans la Manche à Shoreham. Eve fit son effet habituel dès la porte d'entrée, des regards masculins s'attardèrent quelque peu. Ambiance chaleureuse comme toujours dans les pubs, Eve commanda un fish and chips, je l'imitai sans entrain. Son anniversaire s'était fort bien passé, avec sa bande d'amis et des amis des amis, grosse fête le samedi soir dans la maison des parents qui s'étaient éclipsés. Le plus dur fut le rangement du lendemain, pas d'amis mais la famille pour aider. Le moment tant attendu de l'anniversaire familial du dimanche fut, après avoir soufflé les bougies, la découverte de l'Austin, discrètement garée pendant le repas devant le perron de la maison. Heureuse surprise car elle ne s'imaginait pas qu'elle fut comme neuve. Embarquement immédiat pour essais dans Hasting. Arrivée remarquée à l'Université le lundi, petit tour avec les copines. Il faut dire que l'Austin mini était l'emblème automobile du Swinging London, que le modèle Cooper S avait gagné le Rallye de Monte Carlo en 1965. Eve était enthousiaste de sa voiture, je l'aurais été tout autant. De mon côté je lui racontais la reprise avec le groupe sans lui parler de l'activité agricole d'une partie de ses membres. Pour le retour Eve me proposa de conduire, j'avais appris sur une Simca 1000, même gabarit que l'Austin, voiture appréciée des jeunes français, mais parent pauvre en comparaison de sa cousine anglaise. Nous repartîmes par la même route du bord de mer, Eve posa sa main sur ma cuisse, me fit un adorable baiser sur la joue, j'étais aux anges.

∗

La semaine suivante c'était mon tour de plonge au restaurant. Mary me demanda d'entrer quand je lui lançai le « Hello » habituel en passant devant son bureau.

- Assieds toi Philippe, j'ai des infos pour toi.

- Tout d'abord, voici ta paye avec une prime en plus pour le réveillon du Nouvel An. Ensuite, le restaurant sera fermé tout le mois de février, nous reprendrons le vendredi 1er mars. C'est une période creuse, on en profite pour partir en vacances, faire quelques travaux aussi. Enfin, tu souhaitais un job supplémentaire pour compléter celui-ci. Tu peux faire le palefrenier tous les lundis et mardis dans un petit centre équestre qui fait aussi pension pour les chevaux. C'est en dehors de Brighton mais il y a des bus qui peuvent te déposer pas loin, ensuite tu as cinq à dix minutes à pied. En tout tu dois prévoir une petite heure de trajet. Tu peux te présenter lundi en fin de matinée, voici l'adresse et le nom de la personne qui gère le centre, Madame Boswell, c'est une cliente, elle est très sympathique.

- Merci madame Flynn pour la prime et le job.

La fermeture du resto, me gênait un peu côté financier et emploi du temps, je me retrouverai seul pendant deux weekends. Ce serait l'occasion d'avancer dans mes cours, je terminais toujours à l'arrache.

Le lundi matin dix heures, cinq bonnes minutes pour rejoindre l'arrêt de bus, petite attente, une trentaine de minutes de route, cinq minutes à pied, je me présentais un peu avant onze heures au portail du centre équestre. L'enseigne indiquait principalement une pension pour chevaux, je sonnais, deux chiens accoururent à la grille sans aboyer. Un grand, un beauceron peut-être, impressionnant mais calme, le second un petit chien blanc plein de poils dont on voit à peine les yeux. Tous deux me regardaient attendant leur maîtresse. Une dame assez grande cheveux brun, coupe au carré, vêtue d'un gilet sans manche en peau de mouton sur une combinaison de travail bleue, chaussée de bottes, me demanda à quelques pas du portail :

- Vous êtes Philippe ?
- Oui
- Je vous ouvre, entrez, je suis madame Boswell. Venez au bureau.

Nous remontâmes l'allée gravillonnée, escortés des deux chiens, jusqu'à une grande maison. Le bureau se situait au rez-de-chaussée dans un angle de l'habitation, la porte d'entrée et une fenêtre s'ouvraient sur l'allée. D'une autre fenêtre on profitait de la vue sur la prairie. Madame Boswell, en s'installant derrière un grand bureau en bois patiné, me proposa un des deux fauteuils en cuir usagé devant elle. Mon regard fut attiré par deux étagères remplies de trophées sur le mur face à moi. Remarquant mon intérêt, Madame Boswell engagea la conversation :

- Ce sont des trophées que j'ai gagnés au jumping. J'ai commencé les concours à dix ans. Je donne des leçons de saut d'obstacle, et aussi d'équitation mais ici c'est principalement une pension pour chevaux. Les propriétaires profitent de la campagne environnante pour des balades. Certains viennent régulièrement, d'autres se font plus rares. Et toi Philippe, donc tu es étudiant, en langue anglaise, tu fais la plonge au restaurant « The Inn » et tu souhaiterais un appoint financier. Je connais bien monsieur et madame Flynn, ils m'ont parlé de toi et je suis intéressée par un peu d'aide. L'entretien des chevaux et les leçons me prennent beaucoup de temps, un peu de pause serait la bienvenue. Dans un premier temps le lundi et le mardi me conviendraient, qu'en penses-tu ?

- Oui, ce serait bien, mais le mardi en fin d'après-midi je répète avec un groupe.

- Je pense qu'il n'y aura pas de problème, tu me diras en fonction des horaires de bus. Tu viens en bus, c'est ça ? Tu sais que c'est un travail très physique ? La plonge aussi, mais ici c'est encore différent, tu t'habitueras mais ce sera dur au début.

- Oui, je connais un peu, je passais mes vacances d'été dans des fermes quand j'étais gamin. Dans l'une d'elles il y avait quatre chevaux de trait.

- Ah, très bien, au moins tu ne seras pas surpris. Pour ton salaire on en reparlera quand tu auras commencé, tu ne le regretteras pas, mais ce sera de main à la main.

- Oui je sais, c'est d'accord.

- Bon, je commence à six heures, demain viens le plus tôt possible, récupère les horaires des bus on verra ensemble pour s'organiser.

Le lendemain par le premier bus j'arrivai un peu avant huit heures. Le portail n'était pas fermé à clé. A peine entré les deux chiens étaient près de moi. Ils m'accompagnèrent quelques pas puis repartirent à leurs occupations. Je rejoignis madame Boswell devant la lignée de box, elle transportait une botte de paille dans une brouette. Dès mon bonjour, elle me demanda de l'appeler Wendy, m'indiqua qu'une combinaison, un gilet et des bottes à choisir m'attendaient dans le bureau. De retour, équipé, fourche et brouette m'attendaient pour terminer le nettoyage des box. Wendy en fit un avec moi, puis me laissa seul pour le second. Avec ses conseils je réussis à peu près à faire une litière convenable. Je continuais ainsi sur les box restants. Ce fut le travail de ma matinée. A partir d'onze heures je la suivis pour le second repas des chevaux. Sur le volet haut de chaque porte de box, un écriteau indiquait le quantitatif et le type de nourriture, orge, avoine, ou foin selon les horaires, en tout quatre repas. Wendy m'expliqua que le processus de digestion des chevaux était long, que l'on devait les alimenter par petites doses. L'avoine était privilégiée pour les chevaux de concours. Tous les jours où la météo le permettait les chevaux étaient sortis. Ils étaient par deux ou trois, ou plus, selon leurs affinités, et la grandeur des enclos où ils pouvaient galoper.

A notre repas du midi, on parla France et chevaux avec Wendy. Elle connaissait la Normandie, plus particulièrement le département du Calvados où elle avait visité quelques haras. L'après-midi je fis la tournée des seaux d'eau. Vers quinze heures Wendy commença à rentrer les chevaux pour le goûter, avoine, orge, carottes. En accord avec elle pour le mardi, je pris le bus de seize heures.

Passage rapide pour toilette à la maison, juste à l'heure pour monter dans l'Austin A55, au coin de la rue Gardner Street avec North Road. Brian au volant, les deux cultivateurs à l'arrière, j'appris que ça bougeait encore pour le groupe. Nous aurions la visite du père de Josh, officiellement curieux de nous entendre. Officieusement, ce devait être pour connaître les lascars de la bande. Tant qu'il ne connaîtrait pas les activités annexes on garderait notre chanteur. La consigne était ne pas fumer de l'interdit ce soir, ce qui pouvait se produire à la pause comme la fois passée. Autre règlement, ce ne pouvait être qu'à l'extérieur pour éviter les odeurs aisément reconnaissables dans la maison de Peter. Quatre "amateurs" sur les six, seuls Josh et moi nous abstenions, je fumais mes « Senior Service », Josh préférais les « Players ». On s'entraîna sur « Crossroads », un blues de Robert Johnson sorti en 1937, repris par le groupe Cream. Sur cette version Fabian pouvait s'éclater à la basse, sympa aussi pour Brian et Éric, Josh chantait, pas de problème. Moi petite utilité à la guitare, pourquoi pas, mais rien pour Harry. Heureusement, avec son talent, il avait transformé la version en permettant à Brian de faire un solo, pareillement pour Fabian avec sa basse, et lui à l'orgue. Eric et moi restions dans notre rôle de batteur et de guitariste rythmique. Cela ne le gênait pas et moi, vu mon niveau, j'étais déjà tout content de jouer avec eux. Avec l'arrangement d'Harry, bien que ce ne fut qu'une reprise d'un titre bien connu des bluesmen, nous avions l'impression qu'elle nous appartenait. On la jouait à notre tempo, moins rapide que la version de Cream sans descendre au niveau lent de l'original. Avec les solos, la durée se faisait selon notre inspiration, cette version nous appartenait.

Oh, surprise, quand le père de Josh se présenta à la porte, il n'était pas seul, maman était là, et les petites sœurs aussi.

Etonné, gêné, notre chanteur rougit quelque peu. Heureusement, le directeur de com Brian assura le job. Il salua les arrivants, nous présenta, « Hello, hello, hello tout le monde ». Récupération de chaises pour notre premier public les parents et les deux sœurs du chanteur. Le souci était que nous devions être bons, pour le moins sans faute, car ils étaient tous les quatre de la partie. Grosse crainte du côté du papa. La maman serait sans doute indulgente pour l'équipe de son fils chéri, les filles toutes deux à priori de moins de seize ans seraient fans de leur frère, mais le papa, lui, ne laisserait rien passer, il remarquerait les petites erreurs que le public n'entend jamais.

Sandwiches, thé, bière furent proposés le temps que l'on passe de notre configuration au mode concert. Quelques réglages dus au changement d'emplacement, on se choisit cinq titres au point. L'entame et la fin étaient primordiales, on débuterait par « We've gotta get out of this place » des Animals pour finir par « Mustang Sally » de Wilson Pickett. En numéro deux, pour montrer que l'on pouvait jouer un autre style, ce serait « She's not there » des Zombies dans lequel Harry se faisait plaisir avec un bon solo à l'orgue. Numéros trois et quatre deux slows dans lesquelles notre crooner se régalerait "Bring it on home to me" des Animals, encore eux, et évidemment « Gin house blues » d'Amen Corner où la voix de Josh nous faisait frissonner.

Nous avons eu droit à un public en or. Dès les premières notes de l'entame les filles dansaient et reprenaient le refrain avec Josh. La suite fut du même niveau, maman avait les larmes aux yeux en entendant son chéri sur les slows, au final les quatre étaient debout pour nous applaudir. Le papa nous félicita, la maman était ravie, les filles étaient radieuses. Le bon père de famille décida du retour pour nous laisser travailler. Dès que le bruit de la voiture disparut, tout le monde sortit pour fumer.

$$*$$

Ce mercredi, c'était soirée cinéma avec Eve. Comme d'habitude j'acceptais sa proposition de film, elle le savait mais me demandait toujours mon avis. Je n'étais jamais déçu et sa présence me suffisait. Eve m'expliqua que le film était tiré d'un roman, « Up the Junction », qu'elle avait lu à quinze ans. Ce livre racontait la vie très difficile, des jeunes du début des années 60, plus particulièrement des filles, à Battersea, un quartier industriel de Londres au bord de la Tamise. Elle avait aussi vu à la télé, en 65, un film de la BBC adapté du même roman, qu'elle avait apprécié. La version grand écran relatait l'histoire d'une jeune fille de Chelsea, quartier très chic de Londres, souhaitant connaître, travailler, vivre, avec des jeunes de son âge, dans un environnement aux confins de son milieu. La Rolls Royce familiale avec chauffeur la déposa à la sortie d'un pont Londonien pour rejoindre Battersea. Le film en couleur révélait les moments de joie, de rire mais aussi de drames et de pleurs dans un univers complexe. La musique de la bande son du musicien claviériste

Manfred Mann collait bien au film. Son groupe du même nom enchaînait les succès depuis le début des années 60.

Dans notre pub préféré des Lanes, près du cinéma ABC, appréciant avec une bière, notre sandwich poulet concombre salade, Eve me demanda :

- Tu as aimé le film ?

- Oui, j'ai bien aimé. Montrer l'énorme disparité de niveau de vie entre deux quartiers d'une même ville c'était une bonne idée. La fille riche qui veut s'immiscer dans un milieu pauvre, c'était peu crédible mais pourquoi pas. La musique était bonne, c'était bien joué, j'ai aimé.

- Dans le livre et la version télé il n'y a pas de nana riche. A la différence de la télé, le film est en couleur. C'est plus vivant, on s'y reconnaît mieux, les vêtements en particulier. Pour moi, la vie dans ce quartier m'attriste, ce sont des jeunes comme nous, ils ont notre âge et sont en galère dès leur enfance.

- Tout n'est pas noir dans le film, il y a de sacrés bons moments, au pub c'est sympa quand les deux copines chantent.

- Bien sûr qu'ils s'amusent comme nous on le fait mais c'est l'environnement, l'endroit où ils habitent, ils ne vont pas à l'Université ou c'est rare. Leur avenir est assez limité. D'un côté un monde friqué, tu traverses le pont, un monde fauché.

- C'est vrai, il faut naître du bon côté du fleuve. Ce n'est pas qu'à Londres.

151

- Non, mais c'est bien d'avoir fait le film. A propos, samedi soir une copine de l'université fête son anniversaire. Elle a invité pas mal de monde dont moi. Si tu en as envie on y va, sinon on ne sort que tous les deux.
- Oui, c'est d'accord. C'est à Brighton ?
- Non c'est un peu en dehors. On longe la plage vers Newhaven et on arrive à Rottingdean Beach, c'est à dix minutes en voiture.
- Style Chelsea ou Battersea ?
- Chelsea, me répondit Eve en souriant.

Ce samedi soir, Eve avait modifié sa tenue bleue avec col roulé blanc. Le jean était remplacé par une mini robe bleue, en velours côtelé fin, tenue par deux minces bretelles. A ses côtés dans l'Austin Mini, elle savait que je ne me privais pas d'apprécier ses jambes aux collants noirs et ses pieds chaussés de bottines en daim bleu réguler les pédales de l'auto. Pour ma part, peu de moyens, tenue basique, ensemble noir, col roulé, pantalon velours fines côtes, boots. Nos blousons en cuir complétant nos tenues formaient notre trait d'union.
Le croquis de Pamela pour aller chez elle, était parfait. Traverser le village, monter un peu la côte, virer gauche, droite, gauche, j'étais le copilote, on s'est retrouvés devant un portail en fer forgé ouvert sur une cour gravillonnée remplie de voitures. Mini garée dans la rue, nous avons toqué à une

magnifique porte en bois d'une grande et belle maison blanche. De copilote, j'étais passé porteur et tenais dans mes mains une bouteille de champagne. Eve l'avait récupérée dans la cave de son père. Le deal des invités était une bouteille d'alcool. Une jolie fille blonde, coupe au carré, dans une mini robe blanche à pois noir nous ouvrit la porte. Salut, Pamela, Eve, Philippe, dans le hall d'entrée je donnais la bouteille de champagne à notre hôte. Merci beaucoup, c'est par ici, nous découvrîmes une immense salle dont tous les meubles étaient rangés le long de murs peints en blanc, décorés sobrement de quelques tableaux. L'ensemble avec le magnifique parquet en chêne ciré était superbe. Sur deux tables, un buffet froid, sur deux autres diverses boissons avec verres à disposition. Au fond de la pièce une baie vitrée s'ouvrait sur une verrière à charpente métallique, également blanche. Blousons déposés dans l'immense penderie d'une immense chambre - à mes yeux tout était immense dans cette maison - nous retournâmes au buffet pour le moins copieux et diversifié. Eve, flûte de champagne en main, partie en conversation avec des étudiants de sa promo, je me retrouvai seul avec ma petite assiette de canapés et un verre de vin rouge. Musicalement la sono était bonne, un peu cool en ce début de soirée, des invités arrivaient toujours. Eve revint vers moi, me présenta à deux ou trois copines, de copilote, puis porteur, j'étais devenu prince Consort. Ma reine me semblait avoir une certaine aura auprès de ses semblables ce qui rehaussait autant ma position. Pour ma part j'étais loin de ce milieu argenté, je n'étais jamais entré dans une maison aussi grande et luxueuse. D'une des trois fenêtres de la chambre vestiaire d'un jour, j'avais entrevu un court de tennis. Le temps passant, l'ambiance s'échauffa avec l'alcool et la bonne musique du p'tit gars aux platines. Je l'avais observé, pas très grand il était, brun, cheveux mi-longs comme beaucoup, lunettes à fines montures métal, il assurait à son poste. Grosse responsabilité, il pouvait gâcher la soirée et l'anniversaire de Miss Pamela ou la rendre inoubliable. Il était bien parti pour la seconde version. Avec Eve, on rocka, on jerka, on s'enlaça sur des slows comme « The wind cries Mary » de Jimi Hendrix ou la version Ray Charles de Yesterday que je préférais à l'originale des Beatles. Pour moi, au chant, Ray Charles était incomparable, dès qu'il entamait « Georgia » j'avais toujours des frissons. Après la pièce montée du gâteau d'anniversaire, l'atmosphère monta encore de quelques degrés. Eve et moi n'étions pas en reste, on s'était trouvé un canapé sympa en retrait dans la véranda. Et puis ça dérapa un peu plus, devint sens dessus dessous pour certaines et certains. De retour d'une des salles de bains dédiée aux filles, Eve me chuchota à l'oreille il y a de la cocaïne làhaut. Elle me regarda dans les yeux, me demanda :

- Tu en veux ?
- Non
- Tu as peur ?
- De perdre le contrôle, oui.
- Bonne réponse, et elle s'assit sur moi pour m'embrasser.

On partit peu après, Eve me donna les clés de l'Austin, elle préférait que je conduise, c'était la nuit et le champagne était bon. Le temps du retour doubla quasiment car je roulais très lentement, le vin n'était pas mal non plus. Heureusement pas de voiture de police sur la route, ma lenteur les aurait tout autant alertés que la vitesse. Arrivés à l'appart d'Eve, on se détendit lentement dans le lit, Eve légèrement ivre, moi limite, on s'est aimés au ralenti et ce fut bon, très bon, trop bon.

*

Premier week-end de février, restaurant fermé, Eve chez elle à Hasting, dès le samedi matin je poussai la brouette remplie de fumier, fourche piquée dessus, pour aller la vider au tas derrière les écuries. Wendy avait accepté ma demande de travailler un peu plus en février dont les deux week-ends sans Eve. Financièrement et moralement c'était mieux pour moi. Physiquement c'était bon aussi, musculation assurée, le fumier n'est pas léger. Ce jour d'hiver au froid sec, Wendy revêtait les chevaux d'une couverture avant de les sortir. Fan de chevaux, Philippe, nom prédestiné, j'étais bien en leur compagnie, je commençais à connaître ceux entretenus par Wendy. Je leur parlais, leur demandais comment ça allait quand j'entrais dans le box. Je vérifiais aussi qu'ils n'étaient pas mécontents, les oreilles droites relâchées, c'était bon, aplaties vers l'arrière, à l'aide Wendy, idem si l'un d'eux tapait du pied, ou s'il fouettait l'air avec sa queue. J'appliquais les conseils de ma chef à la lettre, pas envie de prendre un coup de sabot. Je parlais à tous, mais j'avais un pote, enfin pour moi, pour lui je ne savais pas. Quand j'entrais dans son box, il tournait la tête et me regardait de ses yeux foncés, paupières mi-closes, tranquille. De couleur bai, poil fauve, crin et pattes noirs, je le trouvais magnifique. Wendy m'avait donné sa taille, un mètre soixante-cinq au garrot. Il s'appelait Spirit, « Esprit ». Au moins avec un cheval de ce nom on pouvait communiquer. Les concours, les courses ne l'intéressaient pas, il me l'avait dit, il préférait galoper dans la campagne, respirer l'air pur, profiter de la faune. Les voyages, coincé dans une remorque, ce n'était pas pour lui. Tourner en rond dans l'enceinte du pesage pour faire plaisir aux parieurs, ce n'était pas son genre, lui c'était la liberté des grands espaces, ses gènes le lui rappelaient souvent. Bon, il acceptait sa condition actuelle, bien nourri, bien logé, sorties tous les jours et de temps en temps grande balade avec sa maîtresse qu'il ne m'avait pas encore présentée. Assez rapidement il m'avait accepté, j'en étais assez fier. Quand je lui racontais mes difficultés, mes joies, je lui caressais ou grattouillais l'encolure, je lui parlais doucement, il se laissait faire, il baissait parfois légèrement la tête, j'avais l'impression qu'il m'écoutait qu'il partageait mes sentiments. Il n'était pas distant comme d'autres chevaux, sans doute en raison de son caractère et de son éducation.

Manger avec Wendy était très agréable, ce samedi elle me parla des Jeux Olympiques d'hiver qui s'ouvraient dans trois jours en France, le 6 février à Grenoble. Aucune chance de médaille pour la Grande Bretagne m'avait-elle dit. Pour la France je savais que nous avions de bonnes éventualités avec Killy, Perillat, chez les hommes et Goitschel chez les femmes. Deux semaines plus tard Wendy avait raison, aucune médaille pour la Grande-Bretagne et neuf pour les Français qui terminaient à la troisième place derrière la Norvège et l'URSS du moment. Killy avait raflé trois médailles d'or en ski alpin : descente, slalom et slalom géant. Il devint héros olympique, c'était King Killy. Il justifiait ses titres de champion du monde des trois disciplines alpines de l'hiver 67 et la chanson à son nom, « C'est tout bon », d'Hugues Aufray, troubadour français.

Wendy me questionnait un peu sur ma vie privée, je lui donnais quelques infos, elle aurait pu être ma mère mais elle ne l'était pas. Au cours d'un de ces frugaux repas du midi, la conversation vira sur le fait que l'on ne connaissait pas vraiment les gens. Elle me fit la remarque, que les personnes âgées devenaient petit à petit dépendantes des autres et par obligation pouvaient être très aimables et agréables alors qu'elles étaient exécrables et infréquentables lors de leur vie d'adulte. Elle me cita pour exemple extrême, le cas d'anciens SS qui ayant réussi à s'enfuir à la fin de la guerre, étaient devenus sous un nom d'emprunt, de bons citoyens tranquilles dans des pays outre-Atlantique et parfois même en Allemagne. Je pensais en moi-même que je n'aurais jamais imaginé que la charmante mamie Cara qui m'avait ouvert la porte en décembre était prête à faire la révolution en Irlande du Nord.

Pas de bus le dimanche pour aller chez Wendy, je bossais les cours en m'accordant une pause promenade au bord de mer qui enclencha ma réflexion.

J'avais eu connaissance de l'IRA par hasard au lycée. Un prof d'histoire-géo nous en avait parlé dans un détournement du cours d'histoire comme cela arrive parfois. Tous, nous avions été interpellés par cette révolte d'Irlandais, réclamant l'indépendance de leur pays et réussissant à en libérer une partie de la tutelle anglaise après la première guerre mondiale. Le prof nous avait aussi commenté, que jusqu'en 1962, l'année où l'IRA avait annoncé un cessez le feu, il y avait pratiquement toujours eu des actions violentes pour le rattachement de la partie nord de l'île à la partie sud. J'en étais là de mon savoir irlandais. Ce sujet m'interrogeait, j'essaierai d'en savoir plus.

Le lendemain, toujours à la pause sandwiches avec Wendy, je lui demandai ce qu'elle connaissait des problèmes d'Irlande du nord et du sud, ainsi que des exactions de l'IRA.

- Pourquoi me demandes-tu ça ? me répondit-elle.
- Parce que l'on en avait parlé par hasard à un cours d'histoire, que l'IRA a arrêté il y a seulement cinq, six ans. Je me demandais comment les anglais avaient ressenti, vécu, ces années de troubles.
- Pour ma part, ma famille, mes connaissances, on n'en parlait jamais, l'Irlande du Nord c'est loin d'ici, on n'était pas concernés.

- Et maintenant c'est terminé, ça ne risque pas de recommencer ?
- Je ne sais pas, je n'espère pas, cela doit être dur pour la population. Autre sujet, comme tu vas pas mal travailler ici ce mois-ci, je vais t'apprendre à panser un cheval. Ça te va ?
- Oui, bien sûr.
- On commencera avec Spirit, ça se passe bien avec lui, je t'ai entendu lui parler, tu lui parles en anglais ou en français,
- Il comprend les deux.
- C'est bien, il pourra améliorer son français.

∗

Et ça bougeait encore et toujours pour le groupe. Les jardiniers étaient satisfaits, Sativa et Indica en grande forme, grâce à des attentions compétentes et efficaces, poussaient allégrement. Fleurs sorties, Indica pourrait fournir sous peu de la détente à leurs soigneurs. Comme pour la moisson du blé, ou presque, la récolte demanderait du personnel. Les gentlemen-fermiers sollicitèrent les renforts du reste du groupe qui acceptèrent avec plaisir de devenir ouvriers agricoles le temps d'une cueillette. L'Indica était obligeante envers moi, ce jour champêtre tomba un dimanche sans Eve.
Éric et Fabian d'un commun accord avait estimé que c'était le moment de leur retour sur investissement, maturité optimale sans dépassement, pour avoir les bons effets de la

substance. Couper la plante à la base et enlever les feuilles pour dégager les têtes, le tout avec beaucoup de précautions pour ne pas abîmer le produit. Travail minutieux qui nous prit beaucoup de temps, ensuite, transporter les branches délicatement, et les suspendre tête en bas sur des cordes à linge, dans la cave du cottage à l'abri de la lumière. La température y était agréable grâce à la chaudière. Elle allait diminuer avec l'ouverture des soupiraux pour évacuer l'odeur liée au séchage mais on ne pouvait faire autrement. Les cultivateurs vérifieraient le procédé tous les jours pour ne pas trop sécher les têtes. Harry s'était engagé à transporter en scooter un des deux spécialistes pour les contrôles quotidiens. Consommateur lui aussi il participait comme il se doit.

Après les travaux agricoles, une pause rafraîchissement était nécessaire, on s'installa dans notre salle attitrée. Éric derrière sa batterie comme d'habitude, Fabian sur sa chaise perso pour jouer de la basse, Harry à son clavier, Josh et moi par terre dos au mur, Brian resta debout pour nous parler des projets NN.

- Bon les gars, j'ai quelques touches pour passer dans des pubs, mais il faudra faire une audition. L'ennui c'est que notre répertoire est insuffisant. Nous devrons également nous adapter, ne pas nous cantonner dans notre style rythm and blues. Il faudrait apprendre des morceaux de rock and roll, ça, ce sera facile mais aussi de la pop, et là on s'éloigne de ce que l'on aime. Il y a trop de concurrence pour des débutants comme nous. Il faudra jouer ce que le public du pub veut entendre sinon les patrons ne nous prendront pas. Nous devons avoir un éventail important à proposer, montrer que nous sommes de vrais musiciens, que l'on est capables de jouer plusieurs styles. Cela ne nous empêchera pas de balancer notre spécialité, et selon le public ça peut nous faire de la pub et nous lancer pour ce que l'on veut jouer. Vous connaissez Jimmy Page des Yardbirds, c'est un sacré guitariste. Eh bien il a beaucoup travaillé pour des enregistrements en studio. Il acceptait de jouer dans des styles différents, je sais qu'il a même accompagné Petula Clark et la française Françoise Hardy. Petula pas très rock and roll, non ? Françoise Hardy pas trop non plus, Philippe ?

- Pas trop non, elle a du succès en France avec ses ballades.

- Bien, tout ça pour dire que si l'on n'accepte pas de se diversifier, on continuera à jouer entre-nous ici. C'est sympa, c'est vrai, mais à part la famille de Josh ou ma sœur et ma grand-mère, le public se fait rare. Voilà, qu'est-ce-que vous en pensez ?

- Roulement de batterie finition cymbale pour Éric.

- Il faudrait déjà savoir de quel style on parle demanda Fabian, si c'est celui d'Herman's Hermits ce sera sans moi.

- Ne dis pas n'importe quoi, bien sûr que non, par exemple, deux ou trois titres des Beatles, un ou deux des Stones ou des Kinks, quelques bons vieux rock,

Spencer Davis, pourquoi pas. Le seul truc c'est que l'on ne pourra pas trop les adapter, les gens ont leurs tempos dans l'oreille. Je le redis, on ne peut pas se permettre de ne jouer que de la soul. Les gars, qu'en pensez-vous ?

- Donc, on fait tout pour faire un groupe de soul, on commence à assurer, et on ne peut pas se lancer parce qu'il n'existe pas un pub ou autre qui nous donnera notre chance ? répondit Éric.
- Qu'est-ce que tu crois ? Qu'ils nous attendaient ? S'ils ont les moyens, ils payent pour une soirée des spécialistes souls connus qui vont attirer leur public, ou alors, ils adaptent les groupes à leur clientèle habituelle. Je pense que l'on est dans la deuxième catégorie. Cela nous permettra peut-être de passer dans la première si l'on devient très bons. A priori ce n'est pas pour demain, si on peut jouer sur une scène ce serait déjà pas mal.
- Ok pour moi répondit Harry, c'est la meilleure solution.
- C'est bon pour moi acquiesça Josh.
- Ok aussi répondis-je. Je ne pouvais avoir que cette réponse, Brian le savait mais jouait le jeu.
- On fait comme ça accepta Fabian
- Alors, allons-y, et Éric attaqua un solo de batterie.

Finalement le mois de février sans le restaurant se passa bien. Avec maintenant deux répètes par semaine le groupe progressait rapidement. Des titres comme « She's a rainbow » et « Get off my cloud » des Stones avaient été ajoutés au répertoire, « Michelle » des Beatles aussi, Josh la chantait super bien. C'était lui le vrai leader du groupe. Bien sûr Harry était en quelque sorte le chef d'orchestre, Brian jouait le manager, Eric et Fabian assuraient, moi j'étais un complément sympa, mais un interprète comme Josh c'était la classe. J'étais certain que dès notre premier concert il scotcherait public et patron de pub. Les chanteurs ont un style, un répertoire qui leur convient. Josh, lui, avait le talent pour mettre en valeur n'importe quelle chanson, c'était un vrai pro. Si nous avions la chance d'avoir quelques contrats, il serait repéré, et ne resterait pas avec nous.

Aux écuries de Wendy, je maîtrisais maintenant les brosses du pansage des chevaux : l'étrille utilisée pour commencer, puis le bouchon brosse dure, et enfin la douce pour lustrer. La dernière servait également à brosser doucement la tête. L'apprentissage du nettoyage des sabots avec le cure-pied avait été plus délicat, avec les conseils de Wendy j'étais devenu un pro. J'utilisais une éponge humide pour les nasaux et le contour des yeux, moment de confidences avec le cheval. Pour la crinière et la queue je me servais d'une brosse, de forme identique à celle utilisée pour les cheveux, avec des picots durs pour démêler, et d'une autre souple pour lustrer les crins. La technique était de commencer par les pointes en serrant fermement la partie au-dessus du brossage. On remontait ainsi jusqu'en haut.

Si je faisais le point de mes jobs j'étais devenu un pro du nettoyage : vaisselle, box, chevaux. Ce pouvait ne pas être valorisant, mais ça me permettait de gagner un peu d'argent, de découvrir des milieux inconnus pour moi et dans mon cas de rencontrer des gens agréables qui m'apportaient leur expérience. J'appréciais la pause déjeuner avec Wendy. On parlait chevaux bien sûr, du caractère de chacun, de la chance pour certains d'avoir des propriétaires souvent présents, qui sortaient régulièrement en promenade. J'avais hâte de rencontrer la cavalière de mon Spirit. C'était « mon » car lorsque j'étais là je m'occupais entièrement de lui. Nettoyer son box, le panser, le nourrir, lui donner à boire, l'emmener et le ramener du paddock. Wendy m'avait appris aussi à le seller et le desseller quand elle le montait pour lui faire faire des exercices.

Avec Wendy le sujet de la guerre au Vietnam était arrivé par hasard. Sur un journal, laissé au bureau par un propriétaire, était décrite l'attaque tous azimuts, des forces du Nord-Vietnam contre celles du Sud-Vietnam, le trente janvier 68, prenant par surprise les troupes Sud-Vietnamiennes qui préparaient la fête du Têt, ainsi que l'armée Américaine, leur alliée. L'attaque toujours en cours en ce mois de février, eut un grand retentissement international, des manifestations contre cette guerre se déroulèrent un peu partout dans le monde. A Londres comme à Paris, les principaux instigateurs en étaient les étudiants. « Blowin' in the Wind » chanson emblématique de Bob Dylan devint un hymne pour les mouvements protestataires dénonçant le conflit vietnamien et les droits civiques en général.

Wendy pensait, que quelle que soit la durée des hostilités, les nord-vietnamiens et les opposants sud-vietnamiens l'emporteraient, que le Vietnam serait réuni car ils étaient chez eux. Pour elle les armées extérieures repartaient toujours vaincues un jour ou l'autre. C'était le cas des français au Vietnam qui avaient laissé la place aux américains. Elle citait pour exemple les nombreuses colonies anglaises qui avaient repris leur indépendance. Wendy avait raison, cinq ans plus tard, en 1973, les américains quitteront le Vietnam qui sera réuni en 1975.

C'était la première fois que Wendy se dévoilait sur un sujet sérieux, nos conversations étaient toujours anodines. Je ne la connaissais pas, je savais juste qu'elle avait deux garçons, l'un travaillait à Londres, l'autre à Birmingham.

Pour le dernier week-end avant la reprise au restaurant, Eve me proposa un voyage à Londres, on partirait le samedi matin, retour le dimanche soir. Un échange, entre son appart et celui de la sœur d'une copine d'Université, permettrait un logement gratuit. Elle avait garanti à son oncle la fiabilité de son amie. Les deux sœurs se retrouveraient à Brighton le temps d'un week-end, et nous nous pourrions faire une virée à Londres. Enthousiasme de Philippe, satisfaction d'Eve.

Le samedi, dix heures du matin, sac de voyage à la main, nous descendions du train gare Victoria. Le temps du trajet Eve m'avait questionné sur des éventuelles visites de

Londres que j'aurais faites auparavant. Je ne lui avais mentionné que mon séjour de deux jours en 1964 avec mon correspondant anglais de York, un simple circuit des monuments vus par les touristes. Appliquant les sages dictons de maman comme « la parole est d'argent mais le silence est d'or » j'avais omis quelques endroits que j'avais fréquentés dans la capitale anglaise.

L'été 66, avec ma copine Fiona chez qui j'avais séjourné une semaine à Bromley, en banlieue de Londres, nous avions fait du shopping dans le Soho de jour, profité de ses boutiques mode sixties. Du Soho de nuit, au printemps 67, j'avais découvert la boîte française « La Poubelle » à une rue du fameux « Marquee Club », Wardour Street, où nous devions passer la soirée. C'était toujours avec Fiona le temps d'un week-end chez elle. Je ne lui parlais pas non plus du « Tiles » situé Oxford Street où j'avais passé la soirée seul, mon copain Alain n'ayant pu m'accompagner à la dernière minute. J'évitais aussi la visite de la Tour de la Poste avec Mary, correspondante du hasard, avec laquelle j'avais été affligeant, parce que mes copains Alain et Richard m'attendaient dans un pub un soir de novembre 66.

Je me doutais bien qu'Eve appliquait le même proverbe que maman, nous avions chacun notre petit passé.

Suivez le guide, Eve avait toutes les données sur un papier. Métro gare Victoria, descendre à Warren Street Station. Tourner, virer, cinq minutes plus tard, on s'est retrouvé devant une série de petits immeubles en briques de trois étages. Après quelques difficultés pour ouvrir la porte sur rue, nous découvrîmes au troisième palier notre appart du week-end. Le salon et la cuisine donnaient sur la rue, la chambre et la salle de bain ouvraient leurs fenêtres sur une cour. L'ensemble joliment décoré - aux touches féminines- apportait une quiétude bienvenue dans cette ville trépidante. Valises posées, on s'assit sur le lit pour étude du plan du métro. L'appart était très bien situé pour rejoindre Soho, descendre à Oxford Circus, une seule station direction la gare Victoria. Passage par la salle de bain, une heure plus tard on mangeait un hamburger avec frites dans un Wimpy d'Oxford Street. Le programme de la journée pour Eve, donc le nôtre, était boutiques l'après-midi et Marquee Club le soir. Café anglais terminé le shopping d'Eve pouvait commencer, je pensais porter ses paquets, perso je n'avais pas d'argent pour des achats. Nous déambulâmes dans Berwick Street, pour un lèche-vitrines de magasins de fringues féminins, je m'intéressais aux disquaires. Le quartier était coloré de tous côtés, les magasins, les tenues de toute une faune, de Mods, des styles Hippies aussi. Dans chaque magasin, la musique d'ambiance pop nous accueillait. Cette partie de Soho était la capitale de la mode du Swinging London, Marie Quant y avait créé la mini-jupe. Dans Carnaby Street on s'est arrêtés devant la boutique Lord John, qui pouvait habiller les artistes, des groupes anglais comme les Who ou Brian Jones des Rolling Stones. En tant que futur musicien du groupe NN, l'été 66 j'avais acheté dans cette boutique fameuse une magnifique chemise bleu ciel avec un grand col, lors de ma balade avec Fiona. Fiasco complet en arrivant en France, Le

Havre n'était pas Brighton et encore moins London. Je gardais mes souvenirs pour moi et n'en dis mot à Eve. Un peu plus loin dans cette même rue, Eve entra chez Lady Jane, je restais sur le trottoir, patientais en profitant de l'animation. Samedi après-midi une foule de promeneurs de tous styles, des jeunes principalement, attirés par les créateurs du quartier, des parents aussi, sans doute curieux de découvrir ces rues animées où s'habillaient parfois leurs enfants. J'avais entendu parler de la boutique Lady Jane. En 66 des mannequins vivants présentaient de la lingerie dans la vitrine, attirant bien sûr nombre de gentlemen. La police avait dû intervenir, mais cette performance avait été une bonne pub. Les vendeuses portaient parfois des chemisiers transparents sans dessous pour accueillir la clientèle. J'avais hâte de découvrir les achats de mon amie. Elle ressortit après un court moment pour elle, un laps de temps important pour moi, avec un grand sac qu'elle conserva à la main. Nous repartîmes par Broadwick Street pour rejoindre le Marquee et connaître le programme du soir. A l'affiche du club mythique, de sept heures trente à onze heures, deux groupes : en première partie le « Chicken Shack Band » puis « John Mayall et les Bluesbrakers ». Eve me demanda :

- Tu les connais ?
- John Mayall, un peu, je sais que c'est un super bluesman, les Bluesbrakers, s'ils jouent avec lui ne peuvent être qu'excellents. Le groupe de la première partie, je

ne connais pas. S'ils sont là, avec John Mayall, ils as-
surent.

- Donc c'est bon pour ce soir.
- Pour moi oui, je pense que l'on devrait aller déposer
tes achats, il risque d'y avoir du monde.
- On y va.

Demi-tour pour rejoindre le métro à Oxford Circus, il y
avait une autre solution, mais on assurait par notre chemin
connu. Trois quarts d'heure plus tard on était à l'appart. Eve
pris son sac et squatta la salle de bain, je l'attendis, allongé
sur le canapé. Elle m'apparut à la porte du salon, la découvrant, me relevant, je ne pus que m'exclamer : « Waouh ! ».

Epaule contre le chambranle de la porte, elle portait une très
mini-robe en lainage noir col rond avec manches longues et
des bottes aux pieds. Le bas de sa robe et le haut de ses
bottes délimitaient l'espace de ses jambes aux collants effet
bronzé, jambes qui attiraient directement le regard. Ensuite
je relevai les yeux et ne pus dire qu'une nouvelle
fois « Waouh ». Eve toute souriante me demanda :

- Qu'en penses-tu ?
- Tu es super belle.
- Pour ce soir ?
- Je ne pense pas trop, pour le Top Rank oui sensa-
tionnel, mais là ce sont des bluesmen, plutôt le style
beatnik, genre Bob Dylan tu vois. Le mieux c'est le
jean.
- Dommage.

- Prochaine soirée à Brighton, on se fait un vrai resto et on va danser au Top Rank, tu seras la plus belle. C'est toi qui décides, tu m'as posé la question, je connais ce genre d'endroit, c'est tout.
- Tu y es déjà allé ??
- Non, mais je compare avec le Starlight à Brighton, c'est le même genre d'endroit, mais d'un autre niveau bien sûr.
- Bon, je t'écoute, j'espère pour toi que tu ne t'es pas trompé. Et là j'éclate de rire.
- Ça te fait rire ? Pas moi.

Après une halte pour restauration, au Wimpy près de la station de métro Warren Street, une demi-heure plus tard nous patientions devant le Marquee avant l'ouverture. La queue s'allongeait rapidement au fur et à mesure que l'heure approchait. Le public était plutôt masculin que féminin, à priori les filles préféraient la musique Pop. Depuis notre arrivée Eve s'intéressait aux tenues vestimentaires, sans m'en dire un mot, je ne lui en parlais pas non plus, je ne m'étais pas trompé sur le look de l'assistance. Après un quart d'heure elle me fit une bise sur la joue me chuchotant à l'oreille : « tu avais raison, le jean c'est mieux, mais surtout, surtout, ne souris pas ». Je me tins coi, et ce ne fût pas facile, pour être honnête ce n'était pas vraiment le style beatnik. Les portes s'ouvrirent, tickets, nous découvrîmes la salle. Au fond se situait la scène avec en arrière-plan une toile rayée verticalement de larges bandes bleues et blanches. On pouvait s'asseoir ou pas, on s'est assis.

Le matériel du Chicken Shack Band était en place, nom du groupe sur la grosse caisse de la batterie. Je ne pus m'empêcher de sourire en repensant au NN prévu au même emplacement de la batterie d'Éric et à la relation avec Brigitte Bardot. Remarquant mon sourire, Eve demanda une explication. Je lui racontais l'anecdote, sa mimique de réaction nous trouvant consternants ne me surprit pas. Sur la scène, à droite, un piano droit, positionné de côté pour permettre au public de voir la pianiste, blonde, coupe au carré, portant une mini robe à damier bleu et blanc, qui venait de s'y installer. Dans le même temps le batteur chevelu à la chemise jaune était derrière sa Ludwig, le bassiste, grand, cheveux longs bien sûr, habillé goût anglais, chemise vert pomme, veste noire, pantalons marron clair, boots marron foncé, finissait d'accorder sa guitare jaune. Le guitariste chanteur, il avait un micro devant lui, grand également, belle tignasse frisée, se préparait également avec sa Gibson rouge. Pas de veste pour lui, juste un polo saumon sur un pantalon en cuir marron et des boots noires.

Dès l'entame du premier blues rock, Eve et moi nous sommes regardés, scotchés. On n'était plus à Brighton, on n'était plus en province, nous étions à la capitale, à London, au Marquee Club ! Le guitariste sortait des solos d'enfer, batteur et bassiste étaient de vrais métronomes, la pianiste jouait merveilleusement bien et savait chanter. A les entendre, le groupe NN s'envolait en fumée, ne restait au sol que les boots pour faire illusion. A la présentation des musiciens je ne retins que le nom de la pianiste, Christine Perfect.

Elle portait bien son nom. A la pause le temps du changement de matériel pour le groupe vedette de la soirée, on se
ressourça avec un coca. Je parlais à Eve de ma déception vis-
à-vis de notre groupe, Harry le meilleur d'entre-nous n'aurait
même pas eu le droit de ranger le matériel. Ce groupe m'était
inconnu, il assurait une première partie, et avait un tel niveau. Eve me consolait, Philippe, ce sont des vrais pros dans
le club le plus réputé de Londres. Oui, je savais tout ça, mais
j'avais du mal à accepter que même en étant le meilleur de
nous-même, notre horizon musical se limiterait au cottage
de Peter, plombier à Hove.

La bande à Mayall était prête, six sur scène, tous aux cheveux longs, sauf le saxophoniste, grand costaud à lunettes,
plus âgé, au crâne dégarni. Tous étaient habillés un peu style
western, sauf le grand costaud à lunettes, au crâne dégarni.
John Mayall en rajoutait avec son chapeau et sa barbichette.
Sur le support des deux micros devant lui, il avait scotché un
harmonica. Sur le côté, un clavier, John avait quelques
cordes à son arc, il était guitariste, harmoniciste, claviériste,
auteur, compositeur. Dès qu'ils se lancèrent, leurs talents
firent chanter leurs instruments. Je n'étais pas fan de ce style
de blues, je préférais le blues américain comme celui de John
Lee Hooker mais ils étaient très forts. Le guitariste Mick
Taylor était impressionnant, il était le plus jeune de la bande,
il avait mon âge. L'année suivante en juillet 69, il devint un
Rolling Stone en remplacement de Brian Jones.

A onze heures du soir concerts terminés nous sommes ressortis du Marquee avec le son des guitares et le rythme de la

musique plein les oreilles. Au premier pub rencontré on s'est installés devant une bière. Musique en sourdine, un peu de « soul », première gorgée de bière, c'était la meilleure, Eve a commencé :

- J'ai préféré le style du premier groupe, Mayall c'était bien, mais j'ai préféré l'autre. Ça nous change de Brighton, non ? On devrait sortir plus souvent hors de la ville, on la connaît trop. En même temps, on a nos habitudes, l'ambiance est bonne, on n'est jamais déçu. Avec le beau temps et la voiture on pourra faire des échappées. Qu'en penses-tu ?
- Aller à Hasting ?

Eve en train de boire faillit s'étouffer de rire. Après avoir repris sa respiration, elle me répondit :

- On essaiera la direction opposée, on va faire la conquête de l'ouest, tu connais de ce côté ?
- Uniquement la gare et le quai des car-ferries de Southampton.
- Moi non plus je ne connais pas, « tchin » pour la ruée vers l'Ouest.

Pas question de traîner dans Soho et de rater le dernier métro, bière terminée, nous sommes partis en amoureux.

Arrivés dans l'appartement, on était chauds pour des ébats d'amour. La vue du lit de la sœur de la copine a calmé nos ardeurs, pas question de l'utiliser pour la bagatelle. Nos regards se sont tournés vers le canapé recouvert d'une couverture. Risqué, pas chez soi, pas à l'hôtel, compliqué, j'ai regardé Eve dans les yeux, l'ai entraînée dans la salle de bain, petite mais avec une baignoire. Peu de place, elle s'est assise sur le rebord de la baignoire, m'a tiré par la ceinture, l'a dégrafée, m'a déboutonné le jean. Le manque de place devint gênant, on s'est trouvé un morceau de mur, nu comme nous deux, dans l'entrée, pour terminer ensuite dans la cuisine.

Le jour nous a réveillé vers onze heures. On s'est préparés tranquillement au départ, Eve s'est un peu baladée en tenue légère, de dos elle a levé le bras et de son index elle a fait nonnon, nonnon. Dans le train du retour elle s'est endormie blottie contre moi, je regardais le paysage défiler, c'était un moment d'immense bonheur, j'aurais aimé que le train nous emporte au bout du monde.

*

Le lundi matin, à l'arrêt de bus pour aller chez Wendy, le soleil se levait derrière la légère brume, il ferait beau, frais, sans vent, la journée s'annonçait bien. J'étais heureux, j'avais passé un super week-end et j'allais retrouver mes chevaux. Ce n'étaient pas les miens, mais rien que le fait de préparer leur box, de les panser, de les nourrir, de les emmener et les ramener du paddock, m'autorisait à penser que ma relation avec eux, était plus importante que celle qu'ils avaient avec leurs propriétaires, pour certains rarement là. Ce mois de février, je les avais côtoyés quasiment tous les jours, Wendy m'avait guidé pour leur entretien quotidien, j'avais appris à les connaître, ils étaient devenus pour moi des amis importants, j'étais content de les retrouver. Dorénavant ce ne se-

174

rait que deux fois par semaine mais nous avions lié connaissance ce mois passé. A mon arrivée je pris la suite de Wendy pour le nettoyage des box, elle avait également fait la tournée pour le repas du matin, elle me demanda :

- Bon week-end Philippe ?
- Super, je suis allé à Londres, faire les magasins et aussi voir deux groupes au Marquee.
- Longtemps que je ne suis pas allée dans Londres. La propriétaire de Spirit m'a téléphoné elle passera en début d'après-midi pour faire une promenade. Prépare le bien, je te fais confiance, tu sais faire maintenant.

Fort de l'information, fin de matinée, je sortis Spirit du box l'attachai à l'anneau dehors. Je pris ma boîte de pansage et commençais par l'étrille, puis le bouchon à poil dur, enfin la brosse douce pour lustrer la robe et la tête. Je m'appliquais particulièrement pour que Spirit soit magnifique. Je nettoyais parfaitement les sabots avant de les graisser. Le démêlage de la crinière et de la queue terminé, il était prêt pour un concours de beauté. Avant de le rentrer, je refis un petit coup de propre au box déjà fait le matin et rajoutais un peu de paille bien éparpillée. Je détachais Spirit de l'anneau et le rentrais dans son palace. Au repas sandwiches, Wendy qui m'avait observé discrètement me fit la remarque :

- Si tu fais les box deux fois dans la matinée avec la quantité de paille que tu as utilisée, tu n'auras pas assez de ton salaire pour me rembourser l'excédent.

- Je voulais que la propriétaire soit satisfaite de voir son cheval bien entretenu.
- Là, avec le temps que tu as passé pour le panser, les autres chevaux vont être jaloux. Je plaisante Philippe, il est super beau Spirit, par contre pour la paille, il n'était pas nécessaire d'en rajouter une seconde fois, elle coûte cher.
- C'est d'accord Wendy, elle arrive vers quelle heure la propriétaire ?
- Assez tôt je pense, le jour tombe vite encore, pour la balade il faut rentrer tôt.

Je faisais la tournée des seaux d'eau quand une Triumph Herald break blanche se gara près du bureau, une femme en descendit. Au fur et à mesure de son avancée vers les box sa silhouette ne m'était pas inconnue. Elle était habillée d'un équipement d'équitation dans les tons beige-marron portait une bombe également marron, je la reconnus bientôt, elle souriait de ma surprise, son « Hello Philippe » me fit répondre « Bonjour Madame Flynn ».

- Tu ne t'attendais pas à me voir, Wendy m'a dit que tu soignais particulièrement Spirit, qu'il était ton cheval préféré. Je te remercie de bien t'occuper de lui, c'est vrai qu'il est beau et attachant. C'est un plaisir de se promener dans la campagne avec lui. Philippe on se voit jeudi je crois, finies les vacances, tu verras, quelques travaux ont été faits au restaurant.

Après avoir sellé Spirit elle partit au pas, pour rejoindre la barrière de sortie. Il en avait de la chance Spirit, moi aussi j'aurais aimé être « beau et attachant » et partir avec Mary en promenade. Quand ils revinrent deux heures plus tard, Mary me confia Spirit pour lui donner à manger et à boire. C'était l'heure du goûter, en plus de son orge, il eut droit à deux carottes vite croquées. Rassasié, désaltéré, je le pansai à nouveau. Il était resté propre, ce fut rapide. L'heure de la sortie avait sonné, je me changeai dans le vestiaire et repassai saluer Wendy au bureau avant de partir. La Triumph était toujours là, à mon entrée les deux femmes assises à la table de salon buvaient un thé.

- Philippe ne prend pas le bus, j'allais partir, je vais t'emmener proposa Mary.
- Oui, merci beaucoup.

Dans la voiture, la conversation s'engagea sur les chevaux, leur caractère, sur Spirit bien sûr. Mary avait appris à faire du cheval très jeune, elle avait toujours pratiqué par la suite avec parfois quelques arrêts liés aux études, et aussi à son engagement avec Jack dans le restaurant. L'année passée, son père lui avait offert Spirit, il connaissait bien Wendy, payait un prix raisonnable pour la pension, Mary n'avait qu'à profiter de sa passion. Je trouvais son père vraiment sympa, il pouvait le faire et elle était sa fille unique. Et puis Mary bifurqua sur un autre sujet qui me surprit, elle me demanda :

- Comment s'est passé ton séjour chez Cara ? Elle a été sympa ?
- Oui, ce fut très agréable.
- Elle ne t'a pas parlé des catholiques d'Irlande du Nord ?

177

- Oui, elle était passionnée sur le sujet.
- Oui, je sais, sa fille Megan est ma meilleure amie, je connais très bien Cara. Si je t'en parle, c'est qu'à l'occasion elle peut t'embarquer dans des histoires difficiles à se dépêtrer. Enfant elle a connu la guérilla de l'IRA pour obtenir l'indépendance de l'Irlande, sa famille y a participé comme beaucoup de catholiques. Après la dernière guerre, l'IRA a repris le combat pour que l'Irlande du nord soit rattachée à l'Irlande du sud. Sa sœur cadette habite Derry et espère toujours que les choses changent chez elle. Cara est animée par ce même but, elle ne se rend pas compte qu'à soixante-huit ans, habitant à Hove en Angleterre, elle ne doit pas chercher à participer. Actuellement c'est calme là-bas mais elle espère que ça va bouger, elle voudrait être utile et si elle pensait faire une action même insignifiante en utilisant qui-que-ce-soit, elle le ferait. Elle est obnubilée par une Irlande unique mais les gouvernements anglais successifs ne cèderont jamais. Au mieux le sort des catholiques du nord pourrait s'améliorer et ce serait déjà une bonne chose.
- Je ne me laisserais jamais embarquer dans une action hors la loi.
- Tu ne connais pas Cara. Elle est très persuasive, connaît des moyens de pression, elle a déjà essayé, c'était un truc bidon, mais cela a failli mal tourner. Megan et moi avons sauvé l'affaire et c'est récent. Si par hasard

elle te proposait quelque-chose, viens me voir, je m'en occuperais. Je ne pense pas mais je préfère te prévenir.

- Pourquoi habite-t-elle en Angleterre ? Elle devrait être en Irlande.
- Pour le travail, fin des années 40, son mari avait des contacts commerciaux, ils se sont installés ici.
- C'était dans quel domaine ?
- L'élevage des chevaux, ceux pour le sport équestre en particulier, c'est comme ça que j'ai connu Megan.
- Elle fait du cheval elle aussi ?
- Oui on prenait des cours ensemble.
- Vous deviez faire une bonne équipe.
- Ça oui ! me répondit Mary en riant.
- Dernière question, pourquoi ce n'est pas sa fille qui me prévient ?
- Parce que c'est sa mère, c'est difficile pour elle d'en parler.
- Je ne pense pas retourner habiter chez Cara.
- A Pâques c'est possible, il y a beaucoup de vacanciers, les tarifs sont intéressants pour Megan. Et puis tu étais bien chez Cara, il suffit juste d'éviter ses petits grains de folie. Sinon elle est sympa, tu me l'as dit.
- Oui c'est vrai, merci pour les infos, j'aurais pu me faire piéger bêtement.
- Je te dépose où ?
- A la station de bus avant Malborough Place.

Vautré sur mon fauteuil vert unique, fenêtre de la cuisine-salon entrouverte, fumant ma Senior-Service, je me demandais pourquoi Mary m'avertissait seulement maintenant des petits délires de Cara, pourquoi-pas avant que je loge chez elle. Je lui poserai la question. Je l'aimais bien Mamie Cara et son engouement, peut-être excessif, pour la cause irlandaise ne me déplaisait pas. Si elle m'avait demandé un service à ce sujet, j'aurais peut-être accepté. Merci Mary.

Radio Caroline, toujours en service, une chanson au rythme soul, paroles mélancoliques, m'interpella : « The dock of the bay » par Otis Redding. Il était mort à vingt-six ans dans un accident d'avion, avec ses musiciens, les Bar-Kays. Un seul en avait réchappé. C'était, il y a quelques mois, en décembre 67 un peu avant Noël. On en avait peu parlé avec le groupe, les fêtes étaient là, chacun partait de son côté. La chanson était superbe, Josh serait bon sur ce titre. Un peu plus tard j'ai entendu un autre truc pour Josh, « Hey Joe » de Jimi Hendrix. Le problème ce pouvait être les paroles, le gars qui tue sa nana parce qu'elle le trompe et s'enfuit au Mexique, je trouvais ça pas facile à chanter selon les milieux, mais cela avait été un énorme succès partout dans le monde. Pour être diffusée en France les paroles de la reprise par Johnny Hallyday avaient été changées.

∗

Le retour au restaurant à quinze heures se fit dans une ambiance chaleureuse. Tous étaient contents de se retrouver après ce mois de vacances. En fait, seuls Bien et Mary étaient partis. Faute de moyens les autres étaient restés sur place, ce qui était déjà un lieu de vacances. Pour le dépaysement par contre c'était raté. Sortir de l'île britannique nécessitait bateau ou avion, peu d'anglais pouvaient se le permettre. Le restaurant avait été repeint. « The Inn », d'une écriture cursive de couleur blanche, avec ses jolies majuscules, sur le fond vert bouteille de la menuiserie extérieure, était du plus bel effet. L'intérieur reprenait le même thème, entre les murs blancs et les boiseries. Avec quelques kilos de peinture le restaurant semblait plus grand, était plus accueillant, plus moderne en gardant un aspect chic. Le mobilier avait été changé, plus spacieux, plus confortable mais conservant un esprit champêtre. Pour les cuisiniers, l'intérêt était le remplacement des fours. Pour mon acolyte Alain et moi, un nouveau lave-vaisselle avec plus de capacité et de rapidité nous attendait. Je n'avais qu'une hâte, l'essayer. Avant de démarrer, Bien et Mary nous avaient réunis devant le bar pour un petit discours. Bien prit la parole :

- Bonjour à tous, j'espère que vous avez passé de bonnes vacances, un peu forcées il est vrai. C'était pour nous la meilleure période pour faire des travaux. La rénovation de la salle de restaurant et de l'extérieur étaient nécessaires. Les fours et le lave-vaisselle étaient à changer, nous avons investi dans du beau matériel, je pense. Nous sommes très contents de repartir pour une nouvelle saison dans un environnement rénové et surtout avec vous. Grâce à vos qualités et à votre investissement nous avons acquis une bonne réputation. Continuons ainsi et essayons de faire encore mieux cette année.

Grand sourire de Bien avec un « et maintenant au boulot ». Conquis par le nouvel environnement, encouragés par le chef, on aurait préféré une annonce financière, mais reconnaître notre travail était sympa, chacun repartit à son poste d'un bel élan.

Je découvris mon nouveau lave-vaisselle de la marque « Miele ». La notice était posée sur le dessus, Bien vint interrompre ma lecture. Il l'avait testé la veille, avait apprécié son silence par rapport à l'ancien particulièrement bruyant. Nous le démarrâmes ensemble pour un nouveau test à vide. A l'écoute du son, Bien me regarda avec un grand sourire, il était content de son achat, comme un enfant avec un nouveau jouet. La seule différence avec l'enfant, c'était que moi je n'allais pas m'amuser avec. Avant le lavage de la vaisselle, il y avait le lavage des légumes et c'était aussi mon job. Owen et Olivier étaient en préparation avec le chef, le jazz cool reprit son domaine de fond sonore, je savais qu'Ellen préparait la salle à manger. Mary dans son bureau en haut paperassait, c'était mon mot, on était bien à travailler au restaurant « L'auberge ». Les mains dans l'eau, je repensais au réveillon du nouvel an, à l'élégante et sexy Mary que j'aurais aimé faire danser, au baiser avec Ellen que je n'oublierai jamais.

Je me remémorais ces moments et j'étais fou amoureux d'Eve, avoir Eve pour petite-amie était un rêve dont je ne me lassais pas et pourtant parfois quelque-chose me manquait, c'était la drague, quasiment perpétuelle depuis mes seize ans. Par manque d'expérience, les débuts s'avérèrent difficiles, ce fut un peu plus aisé par la suite. Cela ressemblait à « L'art de la guerre » de Sun Tzu. Bien estimer ses capacités, en fonction de la personnalité de la possible conquête. Etudier les différentes approches, choisir la plus judicieuse au meilleur moment, et là ne pas trembler être sûr de soi. Ne jamais penser que c'était gagné, la moindre erreur, le moindre faux-pas et la chute était assurée. Quand la réussite était au rendez-vous, ne jamais se relâcher, l'échec restait sous-jacent. On pouvait aussi faire face à une concurrence féroce, avec des ennemis parfois inconnus, pourvus d'autres atouts que les vôtres. Si la victoire était là, elle était d'autant plus belle. Il fallait aussi accepter la défaite, certaines étaient plus dures que d'autres et vous remettaient à votre place. Côté filles, je savais que lorsque qu'elles s'éprenaient d'un gars, elles lançaient la cavalerie et il était difficile d'y résister.

∗

L'heure du repas avait sonné, chacun retrouvait sa place, moi à côté d'Ellen avec Bien en bout de table à ma droite, les cuisiniers en face, Mary à l'autre bout de table. En entrée Oliver avait préparé et dressé sur des assiettes un ensemble choux blanc, carottes, pommes, finement tranchés avec des cranberries séchés, mélangé d'un ensemble mayonnaise fromage blanc légèrement sucré. Surprenant mais jolie présentation et très agréable au goût. Puis il nous apporta des tranches de rôti de porc sauce à la pomme. Le rôti avait été badigeonné sur le dessus de compote de pommes qui avait caramélisé. Accompagné d'une pomme cuite au four, de pommes de terre sautées et d'une sauce Worcestershire, j'ai trouvé cet ensemble sucré salé savoureux. Pour terminer ce thème sur la pomme, une apple-pie comme dessert : pommes épicées à la cannelle entre deux pâtes, sorte de tourte, servi avec une cuillerée de crème fraiche sur le dessus. Pour ne pas froisser Oliver à table devant moi, je me forçai à incorporer la crème à chaque bouchée.

Comme prévu, ce soir de reprise, le service fut calme me laissant tout loisir de me familiariser à mon nouveau lave-vaisselle. J'imaginais que les assiettes, les plats et autres couverts avaient apprécié leur nouvel environnement aquatique, et profité des nouveaux jets d'eau qui les lavaient et les relaxaient en même temps de leur périple hors de leur logis, le placard de rangement. Pour ma part, les dimensions supérieures, la vitesse et la qualité des lavages améliorés de mon appareil préféré me feraient gagner un temps précieux si mon rangement était judicieux, ce qui était le cas selon mes critères. J'étais prêt pour les courses d'endurance comme les Vingt-quatre heures du Mans ou les Cinq-cents Miles d'Indianapolis. Les arrêts au stand seraient de courte durée et la vaisselle repartirait comme neuve pour les prochains tours.

Service terminé, salle de plonge aussi propre que la vaisselle rangée, je saluai Mary et Bien au bar, m'allumai une cigarette, sur le pas de la porte, et commençai tout juste à marcher quand Ellen en voiture s'arrêta près de moi. Elle me proposa de me ramener. D'un côté je ne pouvais refuser, d'un autre je m'imaginais que si une connaissance d'Eve, comme une de ses amies d'université qu'elle m'avait présentée, me voit monter dans la voiture d'une fille, la solidarité féminine serait implacable pour moi. Je vérifiais que nous étions bien seuls et ouvris la portière. Ellen demanda :

- Je te ramène ?
- Je ne suis plus à Hove, je suis retourné Gardner Street sur Brighton.
- Je suis là, monte.
- D'accord dépose moi North Road tu repartiras par Church Street.

Court trajet, après quelques banals échanges Ellen se lança sur la véritable raison de mon transport.

- Tu sais Philippe, j'ai bien aimé notre réveillon au restaurant, danser ensemble, on s'entendait bien. Et… je voulais te dire…. notre baiser je m'en souviendrai toujours, à chaque réveillon du nouvel an j'y repenserai. Je ne sais pas pourquoi, la date sans doute, les circonstances, la spontanéité sûrement, c'était comme une évidence.
- Ellen, c'est pareil pour moi. Cela veut dire que tous les ans, au même soir, au même moment peut-être, on pensera l'un à l'autre. Je trouve ça étonnant, et ça me plaît.
- J'adore cette idée Philippe.

Ellen me déposa au coin de ma rue, un « by » plein de sous-entendus, je rejoignis mon appart, à deux pas, avec un grand sourire. Je trouvais troublant et agréable que le hasard d'un simple baiser devienne inoubliable.

*

A la répète du mardi soir, je proposais les titres « The dock of the bay » et « Hey Joe ». Les deux étaient dans la parfaite ligne du groupe. Le premier, celui d'Otis Redding fut accepté avec enthousiasme, celui de Jimi Hendrix posa problème, mais pas pour les paroles. Brian fit la remarque :

- Tu crois que je vais pouvoir donner le change avec Hendrix, le meilleur guitariste du monde. Comment je fais ?
- Tu joues le riff tranquille, et j'assure à l'harmonica, ce devrait être une nouvelle version sympa, proposa Harry.
- Roulement de batterie, finition cymbale fut la réponse d'Éric.
- J'aimerais bien la chanter continua Josh.
- Je ferais bien un petit solo de basse termina Fabian
- Bon si tout le monde s'y met… Accepta Brian.

Harry se chargea de l'arrangement, à la fin de la soirée on avait une superbe version à peaufiner par la suite. On s'essaya aussi sur « The dock of the bay », Josh était génial comme toujours, mais il était nul pour siffler. C'était obligatoire pour le final de la chanson. Tout le monde s'essaya, aucun ne réussit. A la séance suivante, notre stoïque bassiste Fabian, sans prévenir personne, enchaîna le parfait sifflotement de la fin, dans le micro de notre chanteur. Applaudissement général de la population. Dorénavant, Fabian aurait un micro devant lui, pour que le pinson du groupe fasse son numéro.

Grâce à l'apport d'Harry pour la musique et Josh pour le chant, le groupe progressait rapidement. Notre chanteur assimilait rapidement les nouvelles chansons et les interprétait magistralement. Notre arrangeur avait du talent et adaptait les tempos et les instruments en fonction du niveau des musiciens. Le résultat était un travail propre et présentable. Éric et Fabian étaient carrés sur le tempo, moi j'essayais de faire de même à la guitare et je m'émancipais à l'orgue, Brian progressait bien et se permettait quelques petits solos, Harry haussait le niveau de l'ensemble avec ses prestations à l'harmonica, à l'orgue, et à la trompette. NN tenait la route, à vérifier devant un public. Notre manager Brian nous avait trouvé une audition dans un pub de Shoream-by-Sea, destination de notre première promenade avec l'Austin d'Eve. Audition prévue le prochain mardi, si concluant on jouerait le vendredi soir. Le samedi soir était réservé à un groupe régulier du pub. Quand Brian annonça l'info, Eric s'inquiéta de l'inscription NN sur sa grosse caisse. Le sigle devait être beau, original, visible par le public. C'était sa batterie ce devait être parfait. Pas question que les guitaristes cachent le nom pendant la session. Pour clore rapidement le débat, Brian lui donna carte blanche. La difficulté pour tous était de convaincre avec quelques titres, ceux que l'on maîtrisait parfaitement, bien sûr, mais aussi montrer notre panel, trouver un ensemble cohérent dans un ordre de passage parfait.

Chacun donna son avis, et le temps passa sans résultat. Au bout d'une petite heure, je fis la remarque que si l'on n'était pas capables de se mettre d'accord sur quelques titres à jouer, il valait mieux que l'on annule l'audition. Comme je n'avais quasiment pas participé jusque-là, tous me regardèrent avec étonnement. Je fus surpris moi-même de ma prise de parole spontanée. Après un silence qui me sembla trop long, notre bassiste rebondit dans mon sens : « Il a raison ». Merci Fabian. A partir de là, je ne m'en mêlais pas plus qu'avant étant le dernier de la classe, mais les choses avancèrent. Quatre titres seulement furent programmés avec quelques autres en réserve à choisir selon le ressenti si l'on nous demandait de continuer.

Après pas mal de palabres la liste fut faite : « I was made to love her » de Stevie Wonder, « We gotta get out of this place » des Animals, « Love me two times » des Doors et pour le final notre version personnelle de « Cross Roads ». On avait beaucoup travaillé le morceau. Le but était que chaque musicien joue un petit solo. L'ordre était le suivant : Harry à l'harmonica pour entamer très fort, puis Brian à la guitare, Fabian à la basse, Eric à la batterie, Philippe à l'orgue - Harry m'avait appris - puis au final, Harry encore et toujours, dans son solo de trompette à tomber. Après chaque solo on reprenait le rythme de base pour stopper net, tous ensemble, au bout d'un peu plus de quatre minutes. Selon l'envie d'Harry la durée s'allongeait sérieusement. Bien parti à la trompette c'était un festival.

Le lundi soir suivant on fit une nouvelle répète sur les titres retenus et les réservistes. Rendez-vous au pub à onze heures le lendemain matin, Peter lança son chantier de plomberie et vint récupérer le matériel à neuf heures au cottage. On était tous là depuis huit heures, pour préparer le transport de la sono et des instruments. Ceux qui travaillaient : Eric, Fabian, Brian, Harry avaient pris leur journée. Josh séchait les cours et moi je n'étais pas allé aider Wendy qui m'avait souhaité bonne chance la veille.

C'était un grand pub, la place pour l'orchestre était suffisante pour le groupe. Éric pestait un peu parce que le joli NN entrelacé, de couleur noire, peint sur la grosse caisse le dimanche, par la copine de la copine de la copine ne se verrait pas. Quand nous fûmes prêts, balances terminées, Brian alla chercher le patron qui nous avait très bien accueilli. Grand costaud, un peu enveloppé, cheveux légèrement grisonnants je m'inquiétais sur ses goûts musicaux. S'il avait dansé le Boogie-Woogie dans sa jeunesse, c'était bon pour nous. Je pensais également que briefé par Brian, il devait savoir à quoi s'attendre quand il s'installa sur une chaise au milieu du pub. A part un nouveau réglage sono lié à la guitare de Brian, tout se passa bien selon nos critères. C'était propre, nos deux artistes avaient été à leur niveau, les quatre autres avaient assuré dont moi appliqué comme jamais. Notre spectateur nous demanda : « vous avez du Dylan ? ». Panique à bord, on en avait un, oui, un truc sympa, mais pas au point totalement. Concertation, il y avait de l'harmonica, Harry impressionnerait, le chant pas de problème, les autres joueraient simple, le rythme était cool. Brian annonça « All along the watchtower ». Les deux pros tirèrent les autres, on s'en sortit bien. Nouvelle demande du chef : « vous avez du Yardbirds ? ». Je fus un peu surpris par la question de cet homme que j'aurais peut-être qualifié de vieux. Quel âge avait-il ? Il s'y connaissait ou il lançait au hasard des noms qu'il avait entendus. Bon, Dylan oui, vedette internationale, mais les Yardbirds, il fallait être un peu au fait de la musique du moment. Les plus grands guitaristes avaient joué dans ce groupe, Éric Clapton, Jeff Beck, Jimmy Page et le chanteur Keith Relf était excellent. J'avais des 45 tours de ces gars. En ce qui nous concernait, la demande nous ravit, on avait ça en stock, c'était un des réservistes, « Heart of soul », on était tranquille. Harry s'était trouvé un job dans ce morceau sans harmonica ni trompette, il accompagnait à l'orgue Brian et Josh qui chantaient ensemble lors des parties chœurs. On était sûrs de nous, nous fûmes bons. Pas de nouvelle requête, seul commentaire « rangez votre matériel, et venez au bar ». On aurait aimé connaître le résultat de la session, un peu dépités nous remballâmes le matos dans la camionnette. Pierre, qui nous avait écoutés discrètement en retrait, nous complimenta. Cela ne voulait rien dire, il était partie prenante. Devant le bar, le patron nous servit une bière selon nos goûts. Première gorgée salutaire, on attendait son verdict. Un regard sur les sept gars, il annonça :

- Bon, je vous avais dit vendredi pour jouer mais si vous êtes d'accord pour samedi, ça m'arrange.

Et comment qu'on était d'accord ! On était d'accord sur tout, sur le jour, sur l'heure, sur la paye, sur ce que l'on devait jouer, sur le nombre de sessions, on acceptait tout. Brian nous informa au retour que selon le patron, le groupe qui passait souvent le samedi soir n'était plus suffisamment performant, qu'un manque de sérieux se faisait ressentir, sans préciser lequel. Brian avait rendez-vous le lendemain pour mettre au point la programmation en fonction de la clientèle habituelle. Ce fut très simple, on aurait deux sessions, une de quarante-cinq minutes, et après une demi-heure de pause, on reprendrait jusqu'à vingt-trois heures trente, le pub fermait à minuit. On jouerait donc deux heures. A nous de programmer intelligemment, avec en première partie des morceaux qui accrochaient bien, sans utiliser toutes nos meilleures cartes.

Tous les soirs on a répété. Le mercredi j'avais prévenu Eve que je n'étais pas dispos et que le samedi soir le groupe jouait à Shoream. C'était notre week-end, elle viendrait nous voir, et l'on repartirait ensemble.

Le samedi en fin d'après-midi en arrivant au pub on apprécia les affiches bien visibles sur deux fenêtres et la porte d'entrée annonçant NN groupe rock and soul à partir de vingt-et-une-heures. On prit notre temps pour s'installer en se positionnant le mieux possible pour que le NN de la grosse caisse soit un peu visible. Éric apprécia. Balances terminées, après une bière bienvenue et gratuite, on partit faire un tour en ville et au bord de l'eau. De retour pour un repas, toujours gratuit, on s'installa à une table en retrait d'où l'on voyait les clientes et clients arriver pour boire un verre ou manger. Peu de jeunes, on était un peu inquiets. Vers vingt-heures, le pub se remplit un peu plus et nous vîmes arriver les parents de Josh avec ses deux sœurs, la grand-mère de Brian que Pierre était allé rechercher, la mère d'Harry avec son frère et sa sœur et sa jolie petite amie rousse. Pour Éric et Fabian les petites amies étaient venues plus tôt mais pour Philippe qui commençait à s'impatienter Eve n'était toujours là. Je n'osais pas quitter le groupe et montrer mon anxiété pour voir s'il elle arrivait, quand à peine dix minutes avant d'aller se mettre en place, je la vis franchir la porte dans son manteau beige qu'elle déboutonna après quelques pas dans le pub. Je me levai pour me diriger vers elle, à ma vue elle s'avança en souriant dans sa mini-robe noire achetée à Londres. Léger baiser, je fis rapidement les présentations. J'eus le temps de remarquer que mes musiciens préférés étaient très attentifs, et que les sourires d'accueil des petites amies sonnaient faux.

C'était l'heure pour nous, on alla se changer dans la réserve du pub improvisée vestiaire. A part les boots noirs, on était tous vêtus différemment. Chacun avait sa touche personnelle. Celui qui nous avait surpris, c'était Josh. Toujours habillé comme l'as de pique, j'étais curieux de voir sa tenue. Il avait enfilé une chemise à petits carreaux rouge et blanc sur un pantalon noir, et ajusté dessus un gilet blanc sans manches, qu'il avait laissé ouvert. C'était lui la tenue top. On apprit plus tard qu'avec sa mère ils avaient suivi les conseils du marchand de fringues. Sur scène chacun prit sa place, se chauffa légèrement, Pierre, au milieu de la salle, communiquait par geste avec Brian, pour vérifier le son. Quand nous fûmes prêts, la vue du pub plein nous déborda quelque peu, au moins moi, qui me demandais dans quelle galère je m'étais fourré, qui plus est devant Eve. J'en connaissais trois autres qui n'en menaient pas large non plus, ils ne jouaient pas devant mamy et la grande-sœur. Josh avait déjà chanté devant des églises remplies avec sa chorale, moins tendu peut-être, mais c'était lui le chanteur, il n'avait aucun droit à l'erreur, à la guitare une petite irrégularité pouvait se noyer dans l'ensemble, au chant non. S'il était seulement moyen c'était fini pour nous. Harry lui aussi était anxieux. J'avais remarqué sa lenteur pour s'installer, ce n'était pas son habitude, il baissait la tête, se demandant sans doute que commencer dans un pub un samedi soir n'était peut-être pas une bonne idée.

On s'était mis d'accord pour débuter par « Baby Please D'ont Go », version Them. Brian devait attaquer en premier, ne regardant que sa guitare, il pensait certainement que l'on aurait pu choisir un autre titre. Il se tourna vers Éric qui donna le tempo avec ses baguettes et se lança. La basse de Fabian le suivit dans la foulée, ensuite, après quelques mesures c'était notre tour à Éric et à moi d'entrer dans la danse, j'étais super attentif, pile synchro avec lui c'était parti, puis Harry à l'harmonica nous rejoignit, la partie musicale durait environ trente secondes avant que Josh enchaîne. Le rythme était rapide, l'orgue et l'harmonica jouaient par intermittence ne pas se louper Philippe aux reprises, terminer net tous ensemble, top parfait. Des applaudissements, ouf, vu le bruit il n'y avait pas que les proches qui frappaient dans leurs mains. Regard vers Pierre, pouce levé c'était bon. Brian remercia le public attablé et au bar, rassuré, il lança l'intro de « Boom-Boom Boom » des Animals, Eric suivi, c'était parti. Au fur et à mesure de notre prestation, le bruit de fond des clients diminuait, ils avaient fini de manger pour certains, les commandes au bar diminuaient, moins de déplacement entre les tables, chacun avait trouvé sa place, on avait réussi un peu à les intéresser. On enchaînait le plus rapidement possible par rapport à notre niveau, ne pas laisser de blanc, garder l'attention. On termina cette première session par « The dock of the bay », Josh fut magistral, pas un bruit dans le pub, applaudissements nourris, on s'en était bien sortis. Brian annonça la pause de trente minutes, le bar était ouvert, les affaires sont les affaires.

Retour à la table, bien sûr Josh avait tous les honneurs et il le méritait. Les yeux de sa maman brillaient, elle était fière de son fils. Son jeu de scène était plus que discret mais sa façon de tenir le micro, de chanter parfois les yeux fermés, vivant à fond sa chanson, le projetait en avant, laissant nous les musiciens, à notre place de faire valoir. Seul Harry à la trompette pouvait passer au premier plan le temps de ses solos. Eve me félicita, je ne lui avais pas dit que je jouais de l'orgue. Je m'étais bien amélioré grâce à mon prof Harry, je me sentais plus à l'aise dans le groupe, ma polyvalence me permettait d'être un membre à part entière.

On avait regroupé des tables au fond, Pierre faisait la navette au bar pour les commandes, la pause était la bienvenue. Je me demandais comment j'allais pouvoir suivre à ce niveau. Eve avait fait connaissance avec Susie la jolie copine rousse d'Harry, lui et moi étions assis avec elles. Les membres fondateurs et leurs copines se connaissaient depuis longtemps, même s'il y avait pu avoir quelques changements, ils formaient un groupe. Josh était avec sa famille. La session avait débuté avec cinq minutes de retard, on avait joué une cinquantaine de minutes pour bien montrer au boss que l'on ne trichait pas, on ne reprendrait pas avant vingt-deux heures trente. Les deux filles parlaient ensemble, Harry me félicita pour ma prestation de novice et me proposa de me donner d'autres cours chez lui pour passer au stade supérieur. J'acceptais chaleureusement, trop content de me spécialiser dans un domaine que j'aimais et avec moins de concurrence. Je préférais être organiste et guitariste que le contraire. Être en retrait de la scène, assis à mon orgue me plaisait, je pouvais sortir un son, une musique différente des guitares, j'apportais une originalité indispensable à mon sens, comme Harry à la trompette.

A la reprise, j'étais de nouveau à l'orgue, Harry trompette en main était prêt, Éric lança le tempo avec les baguettes et attaqua direct, Brian suivi, Josh s'approcha du micro et entonna « Mustang Sally », avec Harry dans la foulée. On était reparti avec un tube de Wilson Pickett que l'on maîtrisait bien. Dans cette seconde partie Josh nous sortit un « Hey Joe », proche de la version originale de Billy Roberts, qui donna des frissons. Silence total des clients pour l'entendre, l'écouter, vivre avec lui cette infâme histoire. Au final de la batterie, il reçut les acclamations du pub. Maman devait être en pleurs. Pour clôturer la session ce fut bien sûr notre titre fétiche, « Crossroads » version NN. Succès garanti et petit plaisir pour chacun lors de la présentation des musiciens et du chanteur.

Nous avions joué un peu plus longtemps, l'heure de fermeture était proche, les clients partaient, le patron était à la porte. Je me suis souvenu qu'un soir en sortant du Starlight Rooms de Brighton, avec Richard et Alain, on nous avait demandé ce que l'on pensait d'un nouveau groupe. Comme il était nettement moins bon que l'habituel, nos commentaires leur avaient été défavorables. Nous ne devions pas être les seuls à le penser car on ne les avait jamais revus et les anciens reprirent leur territoire. Ce mini sondage que je soupçonnais serait décisif à un prochain retour.

Rangement du matériel, je vis Ellen, souriante, venir vers moi. Surpris, je l'interrogeai :

- Tu as terminé plus tôt, tu es là depuis longtemps ?
- Mary et Alec m'ont remplacée sur la fin pour que je puisse venir. Je suis là depuis une demi-heure, bravo pour ton solo sur la dernière chanson.
- Tu sais ce n'est pas de l'impro, je ne fais qu'appliquer ce qu'Harry m'a appris.
- C'est quand même toi qui joues et c'est bien joué.
- Merci, voilà Eve, je vous présente : Eve, Ellen, Ellen Eve.
- Bonsoir, enchantée Eve, je vous laisse, je vais voir Brian. Encore bravo Philippe.
- Ellen c'est la fille du restaurant ?
- Oui elle est sympa, c'est la sœur de Brian. C'est par elle que j'ai connu le groupe, son frère cherchait un guitariste. Son copain est militaire, il est parti en mission, c'est pour cela qu'elle est seule.

- Ça lui laisse du temps libre… Vous en avez encore pour longtemps ? On part bientôt ? Tu as une groupie qui t'attend…
- Oui c'est terminé, un quart d'heure pas plus, j'ai hâte de rencontrer ma groupie.

Le quart d'heure se transforma en une demi-heure, la camionnette chargée, le patron offrit sa tournée au bar, donna une enveloppe un peu bombée à Brian, et nous proposa une nouvelle date le mois prochain. Cela tombait un samedi de plonge pour moi. Je devrai m'arranger avec Alan en conservant mon week-end avec Eve. Pas simple.

Dans l'Austin, Eve me fit remarquer, que les trois membres fondateurs du groupe formaient une bande à part, ils n'avaient pas incorporé Harry, moi et surtout Josh qu'ils avaient laissé seul avec sa famille. Pour elle cela ne tiendrait pas longtemps. Je défendis leur cause en insistant sur notre bonne entente lorsque nous n'étions que tous les six, peut-être ne voulaient-ils pas déranger les parents de Josh. Je lui fis part que Josh partirait car il était trop bon, les autres le savaient tout comme moi. Arrivés à l'appartement, Eve dans la cuisine sortit une bouteille de vin Italien du tonton que je débouchai avec grand plaisir. Deux verres à pied étaient posés sur la table basse, une lascive Eve était installée sur le canapé, je versai le vin et embrassai ma groupie sachant très bien qu'en réalité c'était l'inverse.

5

Avec nos entraînements réguliers et sérieux, NN progressait rapidement, on travaillait de nouveaux titres comme « Sunshine of your love » de Cream bien arrangé par Harry, Brian n'était pas Éric Clapton. Harry avait bien bossé aussi pour « Happy Together » des Turtles. C'était de la pop, il en fallait aussi et chanté par Josh ce serait un carton au pub pour mettre l'ambiance. Pour les reprises des chœurs, impossible à faire puisque nous n'en avions pas, Brian épaulait Josh mais c'était insuffisant, Harry faisait monter la température avec la trompette et l'orgue. Je m'éclatais à jouer ce morceau, je n'avais qu'une hâte c'était de voir l'effet produit au pub.

La remarque d'Eve concernant notre entente me semblait injustifiée, mais les cultivateurs avaient récolté leur cannabis festif Sativa seuls, pas de moisson commune au groupe. Josh et moi ne faisions pas partie de la bande pour la fumette, cela nous isolait, Harry ne fumait que de l'Indica pour se détendre. Les trois étaient des copains d'enfance, ils sortaient ensemble avec leurs petites amies. Les trois pièces ajoutées sortaient séparément, Harry et Susie, Eve et moi, Josh on ne connaissait pas sa vie privée, il n'en parlait jamais, était un peu timide, au micro tout s'arrangeait.

L'exploration avec Eve de la côte ouest à partir de Brighton ne fut pas l'Eldorado, on essaya Worthing dans un premier temps puis Littlehampton où l'on avait trouvé un pub et un Bed and Breakfast sympas, à une heure de Brighton. Au pub, la musique était assurée par un disc-jockey. En prenant deux bières au bar, je m'étais renseigné pour un éventuel essai de NN, signalant que l'on jouait régulièrement à Shoream by Sea, c'était presque vrai. Le patron n'était pas contre, Brian pourrait passer le voir.

Nous n'avions pas bougé du pub, mangé du poulet avec des frites, du crumble aux pommes, j'étais loin des menus d'Oliver, mais avec Eve en face de moi tout était délicieux. La musique en fond sonore, Eve me raconta des anecdotes de l'Université, bien aidée par deux cocktails à base de Marie-Brizard sur fond de glaçons. J'appris que ça draguait pas mal, gars fille et fille gars, que c'était parfois drôle et croustillant mais aussi de temps en temps détestable. Tranquille, écoutant avec attention, sirotant mes deux whiskies, j'appris que l'univers féminin pouvait parfois être redoutable à l'Université du Sussex.

Au retour dans notre chambre, je m'allongeai sur le lit, Eve très en forme, debout, dansant légèrement dans sa robe noire sexy, se présenta tel un mannequin, en français, avec son adorable accent : « Eve habillée par Lady Jane de Londres » puis après avoir ôté lentement sa robe, « Eve dans une lingerie par Lady Jane de Londres ». Je me levais, l'enlaçais, annonçais « Philippe habillé par Sigrand Covett du

Havre ». Elle rit, on dansa, moi vêtu, elle dévêtue, elle déboutonna ma chemise et ce fut magique.

Le problème avec le Bed and Breakfast c'est que c'est une chambre d'hôte et le lendemain le petit déjeuner n'est pas neutre comme à l'hôtel, il est préparé par le ou la propriétaire. Quand nous apparûmes dans la petite salle à manger, je compris que l'on était sur liste noire. Eve et moi têtes baissées jouèrent les innocents, mais un peu plus tard, après avoir jeté nos sacs sur la banquette arrière de l'Austin, sans doute sous le regard de nos hôtes derrière les rideaux, nous démarrâmes dans un grand éclat de rire.

Le matin du vendredi 5 avril, passant devant un kiosque à journaux, je stoppai net. Sur la Une du Daily Mirror, en grosses lettres : « Martin Luther King a été assassiné ». En dessous la photo du pasteur noir, prix Nobel de la paix, âpre défendeur des droits civiques des noirs américains. Le jeudi 4 avril à Memphis dans le Tennessee, à dix-huit heures sur son balcon d'hôtel, il était tué d'une balle dans la tête par un tireur suprémaciste blanc. Martin Luther King avait trente-neuf ans. Je connaissais les difficultés des noirs américains, en particulier dans les états du sud, mais cela était très loin pour moi. Ce drame me ramenait à la réalité.

J'allais chez Harry pour mes cours d'orgue, et ne pensais qu'à cela le reste du trajet. J'annonçais la nouvelle à mon ami dès qu'il ouvrit la porte. Plus au fait que moi de la situation, il ne fut pas surpris. L'aura du pasteur baptiste était telle que le racisme très présent dans un état comme le Tennessee pouvait laisser craindre un attentat.

Paradoxe, Memphis était la ville du studio d'enregistrement de Stax Records, le label de la soul, avec tous ses artistes noirs : Otis Redding, Wilson Pickett, Carla Thomas, Sam and Dave, Booker T and The M.G., entre autres. A Memphis il y avait aussi Sun Records qui enregistra le premier disque d'Elvis Presley, le chanteur blanc influencé par le blues afro-américain qui balançait comme eux et profita de sa couleur de peau. Sans eux le King n'aurait pas eu sa fantastique carrière.

Ce jour-là, je ne savais pas si la mort de Martin Luther King avait ébranlé Harry mais il n'était pas en forme, maussade alors que sans être un gai luron, il était très agréable, je m'inquiétais auprès de lui.

-   Ça va Harry ?
-   Oui, mais j'ai quelques soucis, ça passera.
-   Susie ?
-   Oh non ! Elle est adorable, au pub, elle s'est bien entendue avec Eve, on devrait faire une sortie ensemble un week-end.
-   Oui, c'est une bonne idée, j'en parlerai à Eve.

Harry m'apprit beaucoup de choses lors de cette séance, j'assurerais un peu mieux et serais plus indépendant. Quand je quittai Harry il était plus sombre encore.

Comme sous-entendu par Mary je dû retourner chez Cara pour Pâques, les estivants de Noël étaient de retour. Accueilli par un grand sourire de la mamie révolutionnaire, j'étais moi aussi content de la revoir et de retrouver son logis confortable. Je retrouvai aussi mon banc au bord de mer pour fumer et philosopher. Pour aller aux répètes les gars me prenaient Place de l'Ange en bord de plage.

On préparait sérieusement notre prochain passage du samedi 27 au pub de Shoreham. Pour la première semaine de mai Brian avait obtenu une audition au pub de Littlehampton où j'avais contacté le patron lors de notre visite avec Eve. Ce serait bon pour nous si nous étions pris, peut-être les jeunes de la région nous connaîtrait un peu mieux. Le but c'était quand même de jouer dans un club comme le « Starlight » qui donnait leur chance aux nouveaux groupes régionaux.

Le mardi était la dernière répète avant la scène du pub, on passait en revue tous nos titres quand sur l'un d'eux Harry fit une erreur. Tout le monde s'arrêta, on aurait pu continuer comme cela se serait fait en concert, mais pour nous une erreur d'Harry était inenvisageable. Il reprit, se rata à nouveau, proposa :

- On pourrait faire la pause, j'ai peu dormi cette nuit, je ne suis pas concentré.

Tout le monde se leva pour aller fumer dehors. Il faisait frais, on prit pull ou blouson. Les quatre se firent un joint cool, Josh et moi comme d'habitude une cigarette de tabac blond virginien. J'observai Harry, il eut quelques petits gestes saccadés quand il prit le joint. Je vis que ses trois compères s'en rendirent compte également. Josh et moi nous regardâmes intrigués. Pause terminée Harry rentra avec nous, il rangea sa trompette, prit ses affaires et nous dit :

- Bon les gars, je ne vais rien faire de bon ce soir, continuez sans moi. Vous ramènerez Josh ?
- Oui pas de problème répondit Brian, soigne-toi bien pour être en forme samedi.
- Allez, salut, appliquez-vous, on commence à être bons.
- Sans toi on est à cinquante pour cent, salut Harry
- Salut, répondirent les quatre autres.

Harry parti on était vraiment à cinquante pour cent ou même à zéro pour cent. C'était l'âme du groupe, il connaissait notre niveau et faisait en sorte que le rendu soit de qualité, en atténuant les difficultés de certains morceaux, sans les dénaturer. Le reste de la soirée, on reprit des titres sans trompette, on fit l'impasse sur l'harmonica, à l'orgue j'assurais un peu mieux, on partit plus tôt que d'habitude.

Le jeudi, début d'après-midi, dès mon arrivée au restaurant Bien me demanda de monter voir Mary. Porte ouverte, je toquai, Mary me fit entrer, me demanda de fermer la porte et de m'asseoir. Elle ne souriait pas comme d'habitude, quelque chose d'important à me dire. J'étais viré ? Bien me l'aurait dit, ce devait être grave, mes parents ? Ma famille ?

- Philippe, Ellen m'a téléphoné, ton copain Harry s'est suicidé.

- Suicidé ?
- Oui, il s'est jeté de la falaise avec son scooter mardi soir. Quelqu'un l'a découvert hier.

Hébété, je ne pouvais dire un mot.

- Ça va aller Philippe ? Alan te remplace cette semaine, rentre chez toi. Tu as une petite amie, Eve, je crois, va la voir, ne reste pas seul. Si tu as un problème, quel qu'il soit, on sera là pour t'aider.
- Vous savez pourquoi il a fait ça ?
- Non, je ne sais pas.

J'étais abasourdi, eus du mal à me lever, je sortis en remerciant Mary.

Je me suis retrouvé Gardner Street sans m'en rendre compte, absorbé par la nouvelle j'étais un automate. En passant devant Tesco j'ai écouté Mary, je suis rentré espérant voir Eve, caissière inconnue, j'ai sonné à côté à la porte d'entrée de l'appart, des bruits de pas descendant l'escalier, pourvu que ce ne soit pas le tonton, Eve m'ouvrit la porte, en voyant mon visage elle s'exclama :

- Philippe ! que se passe-t-il ?
- Harry est mort. Et je tombais en pleurs dans ses bras.

Allongé dans le canapé du salon, écroulé de chagrin, la tête sur les genoux d'Eve, j'étais inconsolable.

Eve essayait de me réconforter, elle me caressait les cheveux, me disait des mots tendres. Quand les larmes séchèrent, elle nous apporta un whisky pour moi et une Marie Brizard pour elle. Je lui racontai alors que je l'avais trouvé bizarre au cours d'orgue et pendant la répétition, que mon manque de clairvoyance sur son désarroi était responsable de son acte. J'aurai dû discerner son mal être et l'aider.

- C'était impossible, tu ne pouvais pas deviner, c'était trop soudain. S'il a fait ça, c'est qu'il avait ses raisons, tu n'aurais pas pu l'en dissuader, pas toi. Susie peut-être, et encore…
- Il voulait que l'on fasse une sortie ensemble, tous les quatre et deux jours plus tard il se suicide.
- C'était impossible à prévoir, il a dû se passer quelque-chose entre les deux. Viens prendre un bain avec moi.

Eve prévint ses parents qu'elle ne rentrerait pas ce week-end, qu'une amie de l'université avait de gros problèmes, qu'elle ne pouvait la laisser seule. Elle me choya jusqu'au lundi. Pendant ses cours du vendredi je dus aller chez moi car l'oncle monterait certainement. Le week-end je le passais chez elle.

Heureusement lundi j'allai voir mes chevaux. Dès mon arrivée j'informais Wendy, elle l'avait lu sur le journal, ne savait pas que c'était un gars du groupe. Je bossai dur toute la matinée, maniant la fourche avec rage, mais passant plus de temps à parler aux chevaux, en particulier à Spirit. Mon bras sur son encolure je lui ai raconté, il m'a écouté attentivement, a compris mon désarroi, ensuite je l'ai pansé comme pour se présenter à un concours. A la sortie de l'écurie pour l'emmener au paddock le soleil brillait, on était bien tous les deux.

Le midi, Wendy m'a informé qu'en cas de suicide une enquête était ouverte, que je serai peut-être interrogé, car les gars du groupe étaient les derniers à l'avoir vu.

Nous fûmes tous convoqués un par un. De mon côté je signalai son mal-être lors du dernier cours d'orgue et son erreur à la trompette lors de la répétition sans pouvoir la rectifier. J'occultai ses difficultés avec le joint. Avec le contrôle médical le policier devait savoir qu'il avait fumé, mais pas où et quand précisément.

J'appris par la suite que les cultivateurs, dès l'annonce du suicide avaient fait place nette au cottage, à la demande expresse de Peter. La police était venue pour visiter les lieux et retracer le parcours d'Harry sans faire de remarque. Ils avaient juste vu la pièce où l'on jouait sans s'intéresser au reste de la maison et encore moins aux dépendances. Le fait de ne fumer qu'à l'extérieur avait été salutaire.

Une semaine plus tard on apprit par Susie la raison du geste d'Harry. Le groupe s'était réuni dans un pub avec les petites amies, Eve était là, assise entre Susie et moi.

Harry, rentré chez lui pour déposer sa trompette, avait roulé ensuite le long de la côte jusqu'aux Falaises des Seven Sisters, d'où il s'était jeté à scooter. La raison en était sa maladie de Huntington transmissible génétiquement. Susie nous apprit que cette maladie rare du système nerveux conduit à une perte d'autonomie complète jusqu'à la mort inévitable. Harry en avait les tout premiers prémices et les résultats d'analyse avait diagnostiqué la maladie. Quand, à la répétition, il s'est rendu compte qu'il ne pourrait plus jouer, il a préféré en terminer là.

On est restés silencieux un instant et chacun approuva Harry.

On fit une nouvelle tournée générale en son honneur, puis une autre, et encore une autre…

∗

Avec Eve on fêta mon anniversaire le samedi 11 mai, en avance de deux jours. Nous partîmes pour le week-end à Eastbourne, station balnéaire réputée, une heure de route de Brighton en longeant la côte vers l'est. Cette destination nous permettrait de nous arrêter aux falaises des Seven Sisters pour rendre hommage à Harry. Beau soleil, température en hausse, nettement en dessous de vingt degrés, Angleterre oblige. Dans la mini Austin, nous n'avons quasiment pas parlé jusqu'aux falaises. On s'est garés au bout du chemin et avons continué à pied, Susie nous avait indiqué l'endroit. Je n'ai pas pu aller jusqu'au bord de la falaise de peur d'imaginer la chute vertigineuse de mon ami. On s'est assis au plus proche, Eve et moi, serrés l'un contre l'autre. Contemplant le ciel au niveau de la falaise, j'imaginai Harry en scooter, vêtu de sa parka, s'élançant vers le bleu du ciel. Il s'estompait progressivement avec le « bye » dessiné par les nuages au-dessus de lui. Je serrai très fort la main d'Eve et nous partîmes bras dessus bras dessous, les larmes aux yeux, après un dernier et long regard vers l'horizon.

Sur l'avenue longeant la plage d'Eastbourne on se choisit un superbe hôtel victorien. Le réceptionniste fut peut-être surpris de nous donner les clés d'une chambre avec bay-window et balcon au premier étage, mais son flegme britannique n'en laissa rien paraître. A peine arrivés dans la chambre nous nous précipitâmes sur le balcon. Accoudés à la rambarde face à la mer, sur notre droite se détachait une jetée sur pilotis semblable à celle de Brighton, on resta là un long moment, puis on testa les fauteuils derrière la petite table de salon de la bay-window, pour toujours apprécier l'horizon. La chambre était grande, assis dans le lit on profitait aussi de la vue sur mer, c'était sublime.

L'argent dépensé pour l'hôtel fit fondre sérieusement notre budget prévisionnel. Le restaurant prévu pour le midi fut annulé mais pas question de Fish and chips ou d'hamburger, une enseigne italienne nous accueillit dans le centre-ville. Les pâtes furent les bienvenues pour deux âmes en peine bien décidés à fêter un anniversaire. Au dessert du Tiramisu, Eve me donna un petit paquet sorti de son sac. Je l'ouvris, une jolie boîte contenait un briquet chromé à rayures, gravé « Zippo ». Eve me dit en français :

- Bon anniversaire Philippe et elle m'embrassa sur les lèvres à travers la table.

- Merci, il est très beau, il est chic, j'aime beaucoup. Dorénavant, nous sommes liés par les briquets Zippo.

- J'aime cela, c'est bien que tu sois revenu à Brighton.

- Cela devait se faire, nous devions nous rencontrer, je crois au destin.
- Moi aussi

Nous nous embrassâmes à nouveau. Les convives de la table voisine souriaient.

L'après-midi nous découvrîmes Eastbourne, la ville était nettement moins étendue que Brighton, semblait plus calme, idéal pour nous ce jour-là. Le soir on se trouva un pub proche de l'hôtel. Installés au fond de la salle ce ne fut qu'un burger frites salade et un crumble aux pommes, avec une demi-pinte de bière. L'ambiance était bonne, la musique d'ambiance douce et agréable, un disc-jockey s'est mis aux platines. Il prit la suite de la sono en gardant la même tonalité. La soirée s'avançant le style évolua, ce fut « Sonny » version Steve Wonder, l'envie de danser montait, une petite piste de danse temporaire nous attendait, « Ain't nothing but a house party » des Show Stoppers nous décida. On se présenta sur la piste, nous étions seuls, un regard avant de se lancer, c'était parti. Envie de danser, envie de vivre, envie de s'éclater, nous n'avions jamais été aussi bons, on nous a laissés seuls faire le show. « Lady Madonna » des Beatles a pris la suite, rempli la petite piste, déclenché la fête dans le pub.

On a dansé, but des vodkas citron, dansé but des vodkas citron…

De retour à l'hôtel, revigoré après la douche, appréciant la douceur d'une grande serviette de bain, je me suis installé dans un des fauteuils face à la mer. Eve dans la même tenue m'a rejoint, nous nous sommes embrassés et aimés comme jamais.

✳

Le mardi suivant lors de nos agréables conversations du midi avec Wendy, elle me parla des barricades dans Paris lorsque nous étions à Eastbourne. Les étudiants et la police s'étaient affrontés dans des bataille de rue. J'étais loin de tout ça, mais fut bientôt concerné par l'arrêt de mes cours et devoirs en raison de la grève générale.

La mort d'Harry avait sonné l'arrêt du groupe, la session au pub de Shoream-by-sea avait été annulée ainsi que l'audition à Littlehampton. Sans Harry nous n'avions aucun avenir, Josh était retourné à la chorale, restaient nous quatre qui n'avions aucune envie de reprendre quoi que ce soit.

Le retour au restaurant me fit le plus grand bien, l'ambiance était agréable, les petits plats d'Oliver toujours attendus, le beau temps anglais se montrait, la saison se préparait, bientôt nous serions à fond, et j'aimais ça.

De service au restaurant, un soir de fin mai, vers vingt-trois heures Ellen m'appela par le passe-plat « Philippe téléphone ». Je sentis l'angoisse monter en moi, j'appelais rarement les parents, « pas de nouvelle, bonne nouvelle » comme disait maman, si on m'appelait à cette heure-là ce devait être grave. Plus de clients, je pris le téléphone décroché sur le bar et m'assis sur un tabouret de devant. Ellen ne m'avait pas dit qui c'était, elle était repartie dans son rangement. Je fis :

- Allo,
- Philippe, c'est Eve.

Elle continua d'une voix blanche en anglais.

- Philippe….C'est terminé nous deux. Ne me demande pas pourquoi. Je ne reviendrai pas à Brighton, je prépare mes examens à Hasting et changerai d'université à la rentrée. Philippe ne cherche pas à me revoir c'est mieux ainsi. Philippe…. C'était bien nous deux. Clic du téléphone.

Dès le début, au son de sa voix, je savais ce qu'elle allait me dire. J'ai reposé le combiné calmement, je suis retourné finir mon travail, je me suis changé, j'ai quitté rapidement le restaurant, surprenant mes collègues. J'ai traversé les Lanes sans m'en apercevoir, passé devant Tesco sans un regard, monté les escaliers quatre à quatre, ouvert la porte le plus vite possible. Dans l'appart j'ai pris la bouteille de whisky, je m'en suis servi une large dose.

Installé dans le fauteuil vert, j'ai bu lentement, allumé une Senior-Service, mis la radio, intro sitar, batterie dans le tempo : « Paint it Black » des Stones.

Play Liste

Play Liste

Play Liste

Play Liste

REMERCIEMENTS

A Bernard et Nathanaël pour leur lecture, leur bienveillance et leurs précieux conseils.

A Marcus, Paul, Rose, Sandrine, Yves,
pour leur apport dans le domaine particulier
de chacune et chacun.